Translated Language Learning

Les Aventures d'Alice au Pays des Merveilles

De Avonturen van Alice in Wonderland

Lewis Carroll

Français / Nederlands

Dans le Terrier du Lapin
In het konijnenhol

Alice commençait à être très fatiguée
Alice begon erg moe te worden
Elle était assise à côté de sa sœur sur le talus d'herbe
Ze zat naast haar zus op de grasbank
Mais elle n'avait rien à faire
Maar ze had niets te doen
Sa sœur lisait un livre
Haar zus was een boek aan het lezen
une ou deux fois, Alice jeta un coup d'œil dans le livre
een of twee keer gluurde Alice in het boek
Mais le livre ne contenait ni images ni conversations
Maar het boek bevatte geen foto's of gesprekken
« À quoi sert un livre sans images ? » pensa Alice
"Wat heb je aan een boek zonder plaatjes?", dacht Alice
« Pourquoi un livre n'aurait-il pas de conversations ? »
"Waarom zou een boek geen gesprekken hebben?"
Mais elle avait d'autres choses à considérer

Maar ze had andere dingen om rekening mee te houden

« Faire une chaîne de marguerites serait un plaisir »

"Het zou een plezier zijn om een ketting van madeliefjes te maken"

« Mais cela vaut-il la peine de se lever et de cueillir les marguerites ?? »

"Maar is het de moeite waard om op te staan en de madeliefjes te plukken??"

Ce n'était pas si facile d'y penser

Dit was niet zo gemakkelijk om over na te denken

parce que la journée la rendait somnolente et stupide

Omdat de dag haar slaperig en dom maakte

Mais soudain, ses pensées s'interrompirent

Maar plotseling werden haar gedachten onderbroken

un lapin blanc aux yeux roses courait près d'elle

een wit konijn met roze ogen rende vlak langs haar

Il n'y avait rien de trop remarquable chez le lapin
Er was niets opmerkelijks aan het konijn
et Alice ne trouvait pas non plus le lapin remarquable
en Alice vond het konijn ook niet opmerkelijk
elle ne s'étonna pas non plus quand le Lapin parla
Het verbaasde haar ook niet toen het Konijn sprak
« Oh mon Dieu ! Je serai trop tard ! se dit-il
"Oh jee! Ik zal te laat zijn!" zei hij tegen zichzelf
mais alors le Lapin a fait quelque chose que les lapins n'ont pas fait
maar toen deed het Konijn iets wat konijnen niet deden
le Lapin tira une montre de la poche de son gilet
het Konijn haalde een horloge uit zijn vestzak
Il regarda l'heure puis se hâta
Hij keek hoe laat het was en haastte zich toen verder
Alice se leva, stupéfaite
Alice kwam verbaasd overeind
Elle n'avait jamais vu un lapin avec un gilet auparavant !
Ze had nog nooit een konijn met een vest gezien!
elle n'avait jamais vu non plus de lapin avec une montre !
Ze had ook nog nooit een konijn met een horloge gezien!
Alice brûlait d'une nouvelle curiosité
Alice brandde van een nieuwe nieuwsgierigheid
et elle courut à travers le champ après le Lapin
en ze rende over het veld achter het Konijn aan
Elle était juste à temps pour voir le lapin disparaître
Ze was net op tijd om het konijn te zien verdwijnen
Le lapin sauta dans un grand terrier de lapin
Het konijn sprong naar beneden in een groot konijnenhol
Un instant plus tard, Alice s'est mise à courir après le lapin !
In een ander moment ging Alice achter het konijn aan!
Le terrier du lapin continuait tout droit comme un tunnel
Het konijnenhol ging rechtdoor als een tunnel
Et le tunnel a continué à avancer sur une certaine distance
En de tunnel bleef een eindje doorgaan
Et puis le chemin s'est soudainement incliné
En toen dook het pad plotseling naar beneden

Alice n'eut pas un instant pour songer à s'arrêter
Alice had geen moment om na te denken over het stoppen van zichzelf
Elle s'est retrouvée à tomber et à tomber
Ze merkte dat ze naar beneden en naar beneden en naar beneden en naar beneden viel
Il semblait qu'elle était tombée dans un puits très profond
Het leek alsof ze in een hele diepe put was gevallen
Ou le puits était très profond, ou bien elle tombait très lentement
Of de put was heel diep, of ze viel heel langzaam
parce qu'elle avait tout le temps de tomber
Omdat ze alle tijd had om te vallen
alors qu'elle tombait, elle pouvait regarder tout autour d'elle
Terwijl ze viel, kon ze om zich heen kijken
D'abord, elle a essayé de comprendre où elle allait
Eerst probeerde ze erachter te komen waar ze heen ging
mais le puits était trop sombre pour voir quoi que ce soit
Maar de put was te donker om iets te zien
Puis elle regarda les côtés du puits
Toen keek ze naar de zijkanten van de put
Et elle remarqua qu'il y avait des placards tout autour d'elle
En ze merkte dat er overal om haar heen kasten waren
et tout autour du puits il y avait des étagères de livres
En rondom de put stonden boekenplanken
Çà et là, elle voyait des cartes et des tableaux accrochés à des piquets
Hier en daar zag ze kaarten en foto's aan pinnen hangen
En passant, elle prit un bocal sur l'une des étagères
Ze pakte een pot van een van de planken terwijl ze passeerde
Le pot a été étiqueté pour son contenu
De pot was geëtiketteerd vanwege de inhoud
« MARMELADE D'ORANGES »
"MARMALADE GEMAAKT VAN SINAASAPPELS"
Mais, à sa grande déception, le pot de marmelade était vide
Maar tot haar grote teleurstelling was het potje marmelade leeg

Elle ne voulait pas laisser tomber le pot de marmelade vide
Ze wilde de lege marmeladepot niet laten vallen
et sa chute fut très lente
En haar val was erg langzaam
Elle a donc réussi à mettre le pot de marmelade dans l'un des placards
Dus slaagde ze erin om de marmeladepot in een van de kasten te zetten
Tombée, descendue, tombée !
Omlaag, omlaag, naar beneden valt ze!
La chute prendrait-elle fin ?
Zou er ooit een einde komen aan de zondeval?
Il n'y avait rien d'autre à faire
Er was niets anders te doen
alors Alice commença bientôt à se parler à elle-même
dus Alice begon al snel tegen zichzelf te praten
« Je vais beaucoup manquer à Dinah ce soir, je pense ! »
"Dina zal me vanavond heel erg missen, zou ik denken!"
Dinah était le chat d'Alice
Dina was de kat van Alice
« J'espère qu'ils se souviendront de sa soucoupe de lait à l'heure du thé »
"Ik hoop dat ze zich haar schoteltje melk herinneren tijdens de thee"
« Dinah, ma chère, je voudrais que tu sois ici avec moi ! »
"Dina, mijn liefste, ik wou dat je hier bij me was!"
Alice sentit qu'elle s'assoupissait
Alice had het gevoel dat ze in slaap viel
Et puis soudain, bruit sourd ! bourrade!
En dan plotseling, dreun! bonzen!
Elle tomba sur un tas de bâtons
Ze viel op een hoop stokken
et elle atterrit sur un tas de feuilles sèches
En ze landde op een stapel droge bladeren
et enfin la longue chute dans le trou était terminée
En eindelijk was de lange val in het gat voorbij
Alice n'était pas du tout blessée

Alice was niet een beetje gekwetst
Et elle se leva d'un bond au bout d'un instant
En ze sprong binnen een oogwenk op
Elle leva les yeux, mais il faisait noir au-dessus de sa tête
Ze keek op, maar het was allemaal donker boven haar hoofd
Devant elle se trouvait un autre long couloir
Voor haar was nog een lange gang
et le Lapin Blanc était toujours en vue
en het Witte Konijn was nog steeds in zicht
Il se hâtait dans le couloir
Hij haastte zich door de gang
Il n'y avait pas un instant à perdre
Er was geen moment te verliezen
Alice s'enfuit comme le vent
Alice rende weg als de wind
Au coin de la rue, le lapin s'est retourné
Om de hoek draaide het konijn zich om
Elle était juste à temps pour entendre le lapin
Ze was net op tijd om het konijn te horen
« "Oh, mes oreilles et mes moustaches »
""Oh, mijn oren en snorharen"
« Comme il est tard ! »
"Wat wordt het laat!"
Elle était tout près derrière le lapin
Ze zat vlak achter het konijn
Elle tourna au détour d'un autre coin
Ze draaide zich nog een hoek om
mais le Lapin n'était plus visible
maar het Konijn was niet meer te zien
Elle se retrouva dans une longue salle basse
Ze bevond zich in een lange, lage hal
La salle était éclairée par une rangée de plafonniers
De zaal werd verlicht door een rij plafondlampen
Il y avait des portes tout autour de la salle
Er waren deuren rondom de hal
mais toutes les portes étaient fermées à clé
Maar alle deuren waren op slot

Elle marcha tout le long d'un côté de la salle
Ze liep helemaal langs één kant van de zaal
et elle avait fait tout le chemin de l'autre côté de la salle
En ze was helemaal naar de andere kant van de gang gelopen
Elle avait essayé toutes les portes
Ze had elke deur geprobeerd
et elle marchait tristement au milieu de la salle
En ze liep verdrietig door het midden van de zaal
« Comment vais-je jamais en sortir ? »
"hoe kom ik er ooit weer uit?"

Tout à coup, elle tomba sur une petite table
Plotseling kwam ze bij één tafeltje
La table était entièrement en verre massif
De tafel is volledig gemaakt van massief glas
Il n'y avait rien sur la table à part une petite clé dorée
Er lag niets anders op tafel dan een piepklein goudkleurig

sleuteltje

La clé pourrait appartenir à l'une des portes !

De sleutel zou wel eens van een van de deuren kunnen zijn!

Mais, hélas ! Certaines serrures étaient trop grandes pour les clés

Maar helaas! Sommige sloten waren te groot voor de sleutels

et pour les autres serrures, la clé était trop petite

En voor de andere sloten was de sleutel te klein

mais, en tout cas, la clef n'ouvrit aucune des portes

Maar in ieder geval opende de sleutel geen van de deuren

Mais que devait-elle faire ?

Maar wat moest ze doen?

Elle traversa de nouveau le couloir

Ze liep weer door de gang

et cette fois, elle remarqua un rideau bas

En deze keer zag ze een laag gordijn

Derrière le rideau se trouvait une petite porte

Achter het gordijn was een deurtje

La porte avait une quinzaine de pouces de haut

De deur was ongeveer vijftien centimeter hoog

Elle essaya la petite clé dorée dans la serrure

Ze probeerde het gouden sleuteltje in het slot

Et à sa grande joie, la clé s'est glissée dans la serrure !

En tot haar grote vreugde paste de sleutel in het slot!

Alice ouvrit la porte

Alice opende de deur

et elle trouva la porte qui donnait sur un petit couloir

En ze ontdekte dat de deur naar een kleine gang leidde

Le couloir n'était pas beaucoup plus grand qu'un trou à rats

De gang was niet veel groter dan een rattenhol

Elle s'agenouilla et regarda le long du couloir

Ze knielde neer en keek de gang in

et elle a vu le plus beau jardin que vous ayez jamais vu

En ze zag de mooiste tuin die je ooit hebt gezien

comme elle avait envie de sortir de cette salle sombre

Wat verlangde ze ernaar om uit die donkere zaal te komen

comme elle voulait se promener parmi ces fleurs lumineuses

Wat wilde ze dwalen tussen die fleurige bloemen
Comme ces fontaines avaient l'air cool et rafraîchissantes
Wat zagen die fonteinen er cool verfrissend uit
Mais elle ne pouvait même pas passer la tête par la porte
Maar ze kon niet eens haar hoofd door de deuropening krijgen
— Oh ! dit Alice d'un ton lugubre
"Oh," zei Alice treurig
comme je voudrais pouvoir me plier comme un télescope !
"Wat zou ik willen dat ik me kon opvouwen als een
telescoop!"
« Je pense que je pourrais me plier comme un télescope »
"Ik denk dat ik me zou kunnen opvouwen als een telescoop"
« Si seulement je savais par où commencer »
"Als ik maar wist hoe te beginnen"
Alice retourna à la table
Alice ging terug naar de tafel
Il y avait la chance de trouver une autre clé
Er was de kans om een andere sleutel te vinden
Ou il pourrait y avoir un livre de règles
Of misschien is er een boek met regels
Le livre pourrait lui apprendre à se plier comme un télescope
Het boek zou haar kunnen vertellen hoe ze zich als een
telescoop moet opvouwen
Cette fois, elle trouva une petite bouteille
Deze keer vond ze een flesje
**« cette bouteille n'était certainement pas là auparavant, » dit
Alice**
"Deze fles was hier zeker niet eerder," zei Alice
**et autour du goulot de la bouteille était attachée une
étiquette en papier**
En om de hals van de fles was een papieren etiket gebonden
**L'étiquette était magnifiquement imprimée en grandes
lettres**
Het etiket was prachtig gedrukt in grote letters
« BOIS-MOI »
"DRINK MIJ"
« Non, je vais regarder d'abord », a-t-elle dit

"Nee, ik zal eerst kijken", zei ze
« Je vais voir si la bouteille est marquée comme toxique ou non, »
"Ik zal kijken of de fles als giftig is gemarkeerd of niet,"
Parce qu'elle n'a jamais oublié la leçon sur le poison
Omdat ze de les over gif nooit vergat
« Si une bouteille est étiquetée comme toxique, elle est forcément en désaccord avec vous »
"Als een fles als giftig wordt bestempeld, zal hij het zeker niet met je eens zijn"
Cependant, cette bouteille n'a pas été marquée comme toxique
Deze fles was echter niet gemarkeerd als giftig
alors Alice se hasarda à goûter le contenu de la bouteille
dus waagde Alice het om de inhoud van de fles te proeven
Elle trouva le liquide tout à fait à son goût
Ze vond de vloeistof best naar haar zin
La boisson avait une sorte de saveur mélangée
Het drankje had een soort gemengde smaak
tarte aux cerises, crème pâtissière et ananas
Kersentaart, vla en ananas
Rôtir la dinde, le caramel et le pain grillé au beurre chaud
Rooster kalkoen, toffee en toast met hete boter
et elle finit bientôt la bouteille
En ze dronk de fles snel op
« Quelle curieuse sensation ! » dit Alice
"Wat een merkwaardig gevoel!" zei Alice
« Je me plie comme un télescope ! »
"Ik vouw me op als een telescoop!"
Et elle se repliait comme un télescope !
En ze vouwde zich inderdaad op als een telescoop!
Elle n'avait plus que dix pouces de haut
Ze was nu nog maar tien centimeter hoog
et son visage s'éclaira à ses pensées
En haar gezicht klaarde op bij haar gedachten
Maintenant, elle était de la bonne taille pour la petite porte
Nu had ze de juiste maat voor het deurtje

Maintenant, elle pouvait aller dans ce joli jardin
Nu kon ze die mooie tuin in
Bientôt, elle a cessé de devenir plus petite
Al snel werd ze niet meer kleiner
Elle décida d'aller tout de suite dans le jardin
Ze besloot meteen de tuin in te gaan
mais, hélas pour la pauvre Alice !
maar helaas voor de arme Alice!
Elle arriva à la porte
Ze kwam bij de deur
Mais elle avait oublié la petite clé d'or
Maar ze was het gouden sleuteltje vergeten
Elle retourna à la table pour prendre la clé
Ze ging terug naar de tafel voor de sleutel
**Mais elle s'aperçut qu'elle ne pouvait pas atteindre assez
haut**
Maar ze merkte dat ze niet hoog genoeg kon reiken
Elle pouvait voir la clé très distinctement à travers la vitre
Ze kon de sleutel heel duidelijk door het glas zien
Elle essaya de grimper sur les pieds de la table
Ze probeerde langs de poten van de tafel omhoog te klimmen
Mais le verre était beaucoup trop glissant
Maar het glas was veel te glad
Finalement, elle s'est fatiguée à essayer
Uiteindelijk werd ze moe van het proberen
et la pauvre petite fille s'assit et pleura
En het arme meisje ging zitten en huilde
Alice se parlait à elle-même assez vivement
Alice sprak nogal scherp tegen zichzelf
« Allons, ça ne sert à rien de pleurer comme ça ! »
"Kom, het heeft geen zin om zo te huilen!"
« Je vous conseille d'arrêter tout de suite ! »
"Ik raad je aan om nu meteen te stoppen!"
Elle se donnait généralement de très bons conseils
Ze gaf zichzelf over het algemeen zeer goede adviezen
bien qu'elle suivît très rarement ses propres conseils
hoewel ze zelden haar eigen advies opvolgde

Et elle était parfois trop dure envers elle-même

En ze was soms te streng voor zichzelf

et ses paroles lui firent monter les larmes aux yeux

En haar woorden brachten tranen in haar ogen

Bientôt, son regard tomba sur une petite boîte en verre

Al snel viel haar oog op een klein glazen doosje

La petite boîte de verre était posée sous la table

Het glazen doosje lag onder de tafel

Dans la boîte en verre se trouvait un tout petit gâteau

In de glazen doos zat een heel klein taartje

Sur le gâteau, quelques mots étaient magnifiquement écrits

Op de taart waren enkele woorden prachtig geschreven

les mots avaient été marqués dans des groseilles

De woorden waren gemarkeerd in krenten

« MANGE-MOI »

"EET MIJ"

« Eh bien, je vais manger le gâteau », dit Alice

"Nou, ik zal de taart opeten", zei Alice

« et si le gâteau me fait grossir, je peux atteindre la clé »

"En als de taart me groter doet worden, kan ik bij de sleutel"

« et si le gâteau me fait rapetisser, je peux me glisser sous la porte »

"En als de taart me kleiner maakt, kan ik onder de deur door kruipen"

« Donc, de toute façon, j'irai dans le jardin »

"dus hoe dan ook, ik ga de tuin in"

« Et peu m'importe lequel des deux arrive ! »

"En het kan me niet schelen welke van de twee gebeurt!"

Elle a mangé un peu du gâteau

Ze at een klein beetje van de taart

et elle se parla anxieusement à elle-même :

En ze sprak angstig tegen zichzelf:

« Dans quel sens ? Dans quel sens ?

"Welke kant op? Welke kant op?"

et elle posa la main sur sa tête

En ze hield haar hand op haar hoofd

Elle voulait sentir de quelle façon elle grandissait

Ze wilde voelen welke kant ze op groeide

Elle fut très surprise de découvrir ce qui s'était passé

Ze was nogal verrast toen ze ontdekte wat er was gebeurd

Elle était restée de la même taille !

Ze was even groot gebleven!

Cette fois, elle redoubla donc d'efforts

Dus deze keer verdubbelde ze haar inspanningen

Et bientôt, elle termina tout le gâteau

En al snel maakte ze de hele taart op

La mare de larmes
De poel van tranen
« Cela devient de plus en plus intéressant ! » s'écria Alice
"Dit wordt steeds interessanter!" riep Alice
Vous pouvez voir qu'elle était très surprise
Je kunt zien dat ze erg verrast was
« Je m'ouvre comme le plus grand télescope qui ait jamais existé ! »
"Ik open me als de grootste telescoop die er ooit is geweest!"
« Au revoir, les pieds ! Oh, mes pauvres petits pieds"
"Tot ziens, voeten! Oh, mijn arme kleine voetjes"
« Je me demande qui va vous mettre vos chaussures maintenant, mes chères ? »
"Ik vraag me af wie nu je schoenen voor je zal aantrekken, lieverds?"
et je me demande qui mettra vos bas ?
"En ik vraag me af wie je kousen zal aantrekken?"
« Je serai beaucoup trop loin »
"Ik zal veel te ver weg zijn"
« Je ne pourrai plus me soucier de toi »
"Ik zal me niet meer druk over je kunnen maken"
Juste à ce moment, sa tête heurta quelque chose
Juist op dat moment stootte haar hoofd ergens tegenaan
Elle avait atteint le toit de la salle
Ze had het dak van de hal bereikt
En fait, elle mesurait maintenant plus de deux mètres
In feite was ze nu meer dan twee meter lang
et elle prit aussitôt la petite clef d'or
En meteen nam ze het gouden sleuteltje op
et elle se précipita vers la porte du jardin
En ze haastte zich naar de tuindeur
Pauvre Alice ! Il n'y avait pas grand-chose qu'elle pouvait faire
Arme Alice! Er was niet veel dat ze kon doen
Elle s'allongea sur le côté
Ze ging op één zij liggen
et elle regarda d'un œil dans le jardin

En ze keek met één oog de tuin in
Mais s'en sortir était plus désespéré que jamais
Maar om er doorheen te komen was hopelozer dan ooit
Elle s'est assise et a recommencé à pleurer
Ze ging zitten en begon weer te huilen
Elle a continué à verser des litres de larmes
Ze bleef liters tranen vergieten
Bientôt, il y eut une grande flaque tout autour d'elle
Al snel was er een groot zwembad om haar heen
et l'eau atteignait la moitié du couloir
En het water kwam tot halverwege de zaal
Au bout d'un moment, elle entendit un petit claquement de pieds
Na een tijdje hoorde ze een beetje getrappel van voeten
Elle entendit les pas venir de loin
Ze hoorde de voeten uit de verte komen
et elle s'essuya vivement les yeux pour voir ce qui allait arriver
En ze droogde haastig haar ogen om te zien wat er ging komen
C'était le retour du Lapin Blanc
Het was het Witte Konijn dat terugkeerde
Il était magnifiquement vêtu
Hij was prachtig gekleed
Il avait une paire de gants blancs dans une main
Hij had een paar witte handschoenen in zijn ene hand
et il avait un grand éventail de plumes dans l'autre main
En hij had een grote verenwaaier in de andere hand
Il arriva en trottinant en toute hâte
Hij kwam in grote haast aandraven
et il murmura en lui-même : « Oh ! la duchesse, la duchesse !
en hij mompelde in zichzelf: "O! de hertogin, de hertogin!"
« Ah ! ne serait-elle pas sauvage si je l'ai fait attendre !
"Oh! Zou ze niet woest zijn als ik haar heb laten wachten?"

Quand le Lapin s'approcha d'elle, Alice prit la parole
Toen het Konijn bij haar in de buurt kwam, sprak Alice
Mais elle parlait d'une voix basse et timide
Maar ze sprak met een lage, verlegen stem
**« Monsieur, s'il vous plaît, arrêtez ce que vous faites un
instant »**
"Meneer, stop alstublieft even met wat u aan het doen bent"
Le Lapin sursauta violemment
Het Konijn schrok hevig
Il laissa tomber les gants blancs et l'éventail de plumes
Hij liet de witte handschoenen en de verenwaaier vallen
et il s'enfuit dans les ténèbres aussi vite qu'il le put
En hij haastte zich zo snel als hij kon weg in de duisternis
Alice ramassa l'éventail en plumes et les gants
Alice pakte de verenwaaier en handschoenen op
Et elle n'arrêtait pas de s'éventer tout en parlant
En ze bleef zichzelf uitwaaieren terwijl ze bleef praten
« Cher, cher ! Comme tout est étrange aujourd'hui !
"Lieve, lieve! Hoe vreemd is alles vandaag!"

« Hier, les choses se sont passées comme d'habitude »
"Gisteren ging het gewoon door"
« Étais-je le même quand je me suis levé ce matin ? »
"Was ik dezelfde toen ik vanmorgen opstond?"
« Mais si je ne suis pas le même, il y a une autre question »
"Maar als ik niet dezelfde ben, is er een andere vraag"
« Qui suis-je ? »
"Wie ben ik in hemelsnaam?"
« Ah, c'est le grand casse-tête ! »
"Ah, dat is de grote puzzel!"
En disant cela, elle baissa les yeux sur ses mains
Terwijl ze dit zei, keek ze naar haar handen
Elle portait l'un des petits gants blancs du lapin
Ze droeg een van de kleine witte handschoentjes van het
konijn
Elle n'avait pas remarqué qu'elle avait mis le gant en parlant
Ze had niet gemerkt dat ze de handschoen aantrok tijdens het
praten
« Comment ai-je pu faire cela ? » a-t-elle pensé
"Hoe kan ik dat gedaan hebben?" dacht ze
« Je dois redevenir petit »
"Ik moet weer klein worden"
Elle se leva et s'approcha de la table pour mesurer sa taille
Ze stond op en ging naar de tafel om haar lengte te meten
Elle a découvert qu'elle mesurait maintenant environ un
demi-mètre
Ze ontdekte dat ze nu ongeveer een halve meter lang was
et elle rétrécissait encore rapidement
En ze kromp nog steeds snel in elkaar
Elle découvrit rapidement quelle était la cause de ce
rétrécissement
Ze kwam er al snel achter wat de oorzaak van het krimpen
was
L'éventail de plumes la rendait encore plus petite !
De verenwaaier maakte haar weer kleiner!
et elle laissa tomber l'éventail de plumes à la hâte
En ze liet de verenwaaier haastig vallen

Elle laissa tomber l'éventail de plumes juste à temps pour se sauver

Ze liet de verenwaaier net op tijd vallen om zichzelf te redden

Si elle s'était éventée plus longtemps, elle se serait complètement retirée

Als ze zich nog langer had uitgewaaierd, zou ze helemaal zijn gekrompen

« C'était une échappatoire de justesse ! » dit Alice

"Dat was een nipte ontsnapping!" zei Alice

et elle fut bien effrayée de ce changement soudain

En ze was behoorlijk bang voor de plotselinge verandering

mais elle était très heureuse de se trouver encore en existence

Maar ze was erg blij dat ze nog steeds bestond

« Et maintenant, en route pour le jardin ! »

"En nu, op naar de tuin!"

Et elle courut à toute vitesse vers la petite porte

En ze rende met volle vaart terug naar het deurtje

Mais, hélas ! La petite porte fut refermée

Maar helaas! Het deurtje was weer dicht

et la petite clé d'or était de nouveau posée sur la table de verre

En het gouden sleuteltje lag weer op de glazen tafel

« Les choses sont pires que jamais », pensa le pauvre enfant

"Het is erger dan ooit," dacht het arme kind

« Je n'ai jamais été aussi petit que ça auparavant, jamais ! »

"Ik was nog nooit zo klein als dit, nooit!"

En prononçant ces mots, son pied glissa

Terwijl ze deze woorden uitsprak, gleed haar voet uit

et un instant plus tard, il y eut une grande éclaboussure !

En in een ander moment was er een geweldige plons!

Elle était dans l'eau salée jusqu'au menton

Ze stond tot haar kin in het zoute water

Sa première idée fut qu'elle était tombée d'une manière ou d'une autre dans la mer

Haar eerste idee was dat ze op de een of andere manier in zee was gevallen

Cependant, elle s'est vite rendu compte dans quoi elle se trouvait

Ze realiseerde zich echter al snel waar ze zich in bevond

Elle était dans une mare de larmes

Ze lag in een poel van tranen

les larmes qu'elle avait versées quand elle avait deux mètres de haut

de tranen die ze had gehuild toen ze twee meter lang was

Juste à ce moment-là, elle entendit quelque chose

Op dat moment hoorde ze iets

Quelque chose barbotait dans la mare

Er spetterde iets in het zwembad

Les éclaboussures venaient d'un peu de loin

Het gespetter kwam van een eindje weg

et elle nagea plus près pour voir ce que c'était que les éclaboussures

En ze zwom dichterbij om te zien wat het gespetter was

Elle vit bientôt que ce n'était qu'une petite souris

Ze zag al snel dat het maar een klein muisje was

La petite souris s'était également glissée dans l'eau

De kleine muis was ook in het water geglipt
Alice réfléchit à la situation
Alice dacht bij zichzelf na over de situatie
« Serait-il utile de parler à cette souris ? »
"Zou het enig nut hebben om met deze muis te praten?"
« Tout est tellement à l'envers ici »
"Alles staat hier zo op zijn kop"
« Je pense que c'est très probable que cette souris peut parler »
"Ik zou denken dat het zeer waarschijnlijk is dat deze muis kan praten"
« En tout cas, il n'y a pas de mal à essayer »
"Het kan in ieder geval geen kwaad om het te proberen"
Alors elle a commencé à essayer de parler à la souris
Dus begon ze te proberen met de muis te praten
« Oh Souris, sais-tu comment sortir de cette mare ? »
"Oh Muis, weet jij de weg uit dit zwembad?"
« Je suis bien fatigué de nager ici, ô souris ! »
"Ik ben het erg beu om hier rond te zwemmen, Oh Muis!"
La souris la regarda d'un air assez inquisiteur
De muis keek haar nogal onderzoekend aan
La souris semblait cligner de l'œil avec l'un de ses petits yeux
De muis leek met een van zijn kleine oogjes te knipogen
Mais la petite souris ne dit rien
Maar het muisje zei niets
« Peut-être la souris ne comprend-elle pas l'anglais », pensa Alice
"Misschien verstaat de muis geen Engels", dacht Alice
« J'ose dis-le que c'est une souris française »
"Ik durf te zeggen dat het een Franse muis is"
« peut-être que cette souris est venue avec Guillaume le Conquérant »
"misschien is deze muis overgekomen met Willem de Veroveraar"
Alors elle a recommencé, en français
Dus begon ze opnieuw, in het Frans

« Où est mon chat ? » a-t-elle demandé en français

"Waar is mijn kat?" vroeg ze in het Frans

c'était la première phrase de son livre de leçons de français

het was de eerste zin in haar Franse lesboek

La souris fit un saut soudain hors de l'eau

De Muis maakte een plotselinge sprong uit het water

et la souris semblait frémir de frayeur

En de muis leek helemaal te trillen van angst

— Oh ! je vous demande pardon ! s'écria vivement Alice

"O, neem me niet kwalijk!" riep Alice haastig

Elle craignait d'avoir blessé les sentiments du pauvre animal

Ze was bang dat ze de gevoelens van het arme dier had gekwetst

« J'oubliais que tu n'aimais pas les chats »

"Ik was helemaal vergeten dat je niet van katten hield"

« Je n'aime pas les chats ! » cria la Souris d'une voix aiguë et passionnée

"Ik hou niet van katten!" riep de Muis met een schrille, hartstochtelijke stem

« Voudrais-tu des chats, si tu étais moi ? »

"Zou je katten willen, als je mij was?"

Alice réconforta la souris d'un ton apaisant

Alice troostte de muis op een kalmerende toon

« Eh bien, peut-être que je n'aimerais pas non plus les chats si j'étais vous »

"Nou, misschien zou ik ook niet van katten houden als ik jou was"

« S'il vous plaît, ne soyez pas en colère à propos de la mention des chats »

"Wees alsjeblieft niet boos over het noemen van katten"

« Et pourtant, j'aimerais pouvoir te montrer notre chat Dinah »

"En toch wou ik dat ik je onze kat Dina kon laten zien"

« Si vous la rencontriez, je pense que vous prendriez goût aux chats »

"Als je haar zou ontmoeten, denk ik dat je een oogje op katten zou hebben"

« Si seulement vous pouviez la voir »
"Als je haar maar kon zien"
« Elle est une chose si chère et si calme »
"Ze is zo'n liev, stil ding"
La souris tremblait de partout
De muis trilde helemaal
Alice était certaine que la souris devait être vraiment offensée
Alice was er zeker van dat de muis echt beledigd moest zijn
« On ne parlera plus d'elle, si tu préfères ne pas le faire »
"We zullen niet meer over haar praten, als je dat liever niet doet"
« Nous, en effet ! » s'écria la Souris
"Wij, inderdaad!" riep de Muis
La souris tremblait jusqu'au bout de sa queue
De muis beefde tot het einde van zijn staart
« Comme si je voulais parler d'un tel sujet ! »
"Alsof ik over zo'n onderwerp zou praten!"
« Notre famille a toujours détesté les chats »
"Ons gezin had altijd een hekel aan katten"
"Les chats ; des choses méchantes, basses, vulgaires !
"Katten; Smerige, lage, vulgaire dingen!"
« Ne me laissez plus entendre le nom ! »
"Laat me de naam niet meer horen!"
— Je ne parlerai plus des chats, en effet, dit Alice
"Ik zal het inderdaad niet meer over katten hebben!" zei Alice
Elle était très pressée de changer de sujet
Ze had grote haast om van onderwerp te veranderen
"Êtes-vous... Aimez-vous les chiens ?
"Ben jij... Ben je dol op honden?"
« Il y a un petit chien si gentil près de notre maison, »
"Er is zo'n leuk hondje in de buurt van ons huis,"
« Je voudrais te montrer le petit chien ! »
"Ik wil je graag het hondje laten zien!"
"Ce petit chien tue tous les rats et...
"Dit hondje doodt alle ratten en...
« Oh ! mon Dieu ! » s'écria Alice d'un ton triste

"Oh, jee!" riep Alice op een bedroefde toon

« J'ai peur de t'avoir encore offensé ! »

"Ik ben bang dat ik je weer beledigd heb!"

La souris nageait loin d'elle aussi vite qu'elle le pouvait

De muis zwom zo snel als hij kon van haar weg

et la souris fit tout un vacarme dans la mare

En de muis maakte nogal wat ophef in het zwembad

Alors elle appela doucement la souris

Dus riep ze zachtjes naar de muis

« Ma chère souris, s'il vous plaît, revenez ! »

"Mijn lieve muis, kom alsjeblieft terug!"

« Et nous ne parlerons pas des chats »

"En we zullen het niet over katten hebben"

« Et nous n'avons pas non plus besoin de parler des chiens »

"En we hoeven het ook niet over honden te hebben"

Quand la souris entendit cela, elle se retourna

Toen de muis dit hoorde, draaide hij zich om

et la petite souris nagea lentement vers elle

En de kleine muis zwom langzaam terug naar haar

Le visage de la souris était assez pâle

Het gezicht van de muis was nogal bleek

et la souris parla d'une voix basse et tremblante

En de muis sprak, met een lage, bevende stem

« Allons à la rive »

"Laten we naar de kust gaan"

« et ensuite je vous raconterai mon histoire »

"En dan zal ik je mijn geschiedenis vertellen"

« et vous comprendrez pourquoi c'est moi qui déteste les chats et les chiens »

"en je zult begrijpen waarom ik katten en honden haat"

Il était grand temps de partir

Het was de hoogste tijd geworden om te gaan

parce que la piscine devenait assez bondée

omdat het zwembad behoorlijk druk werd

D'autres oiseaux et animaux étaient tombés dans la mare

Andere vogels en dieren waren in het zwembad gevallen

il y avait un Canard et un Dodo

er waren een eend en een dodo
et il y avait un oiseau Lory et un aiglon
en er was een Lory vogel en een Adelaar
et il y avait plusieurs autres créatures intéressantes
En er waren verschillende andere interessant uitziende
wezens
Alice a ouvert la voie à la sortie de la piscine
Alice ging voor uit het zwembad
et toute la troupe des animaux nagea jusqu'au rivage
En de hele groep dieren zwom naar de kust

Une course de caucus et une longue traîne

Een caucusrace en een lange staart

C'était en effet une bande d'animaux à l'allure amusante

Het was inderdaad een grappig uitziend stel dieren

et ils se rassemblèrent tous sur le bord de l'eau

En ze verzamelden zich allemaal aan de oever van het water

Les oiseaux avaient tous des plumes débraillées

De vogels hadden allemaal verfomfaaide veren

et les animaux à fourrure étaient trempés

En de harige dieren waren doorweekt

et tous étaient trempés, agacés et mal à l'aise

En ze waren allemaal druipnat, geïrriteerd en ongemakkelijk

Il y avait une question à laquelle il fallait répondre en premier

Er was één vraag die eerst beantwoord moest worden

Quelle est la meilleure façon pour tout le monde de se sécher ?

Wat is de beste manier voor iedereen om droog te worden?

Ils ont tenu une consultation à ce sujet

Ze hadden een consultatie over deze kwestie

Bientôt, ils furent tous en bons termes

Al snel stonden ze allemaal op vertrouwde voet

C'était comme si elle les avait connus toute sa vie

Het was alsof ze hen haar hele leven had gekend

La souris semblait être une personne d'une certaine autorité
De muis leek een persoon met enig gezag te zijn
« Asseyez-vous, vous tous, et écoutez-moi !
"Ga zitten, jullie allemaal, en luister naar mij!
« Je vais bientôt vous faire sécher à nouveau ! »
"Ik maak jullie straks weer helemaal droog!"
Ils s'assirent tous en même temps, dans un grand cercle
Ze gingen allemaal tegelijk zitten, in een grote ring
et la petite souris s'assit au milieu
En de kleine muis zat in het midden
« Hum ! » dit la souris d'un air important
"Ahum!" zei de muis met een veelbetekenende air
« Êtes-vous tous prêts ? »
"Ben je er helemaal klaar voor?"
« C'est la chose la plus sèche que je connaisse »
"Dit is het droogste wat ik ken"
« Silence tout autour, s'il vous plaît ! »
"Stilte rondom, als je wilt!"
« Guillaume le Conquérant était favorisé par le pape »
"Willem de Veroveraar werd begunstigd door de paus"
« mais il fut bientôt soumis par les Anglais »
"maar hij werd al snel door de Engelsen onderworpen"
« Ils voulaient des leaders ces derniers temps »
"Ze wilden de laatste tijd leiders"
« et ils avaient été habitués au pouvoir et à la conquête »
"En zij waren gewend aan macht en verovering"
**« Edwin et Morcar, les comtes de Mercie et de
Northumbrie »**
"Edwin en Morcar, de graven van Mercia en Northumbria"
« Pouah ! » dit l'oiseau lori, avec un frisson
"Bah!" zei de lori-vogel met een rilling
« et même Stigand, l'archevêque patriote de Cantorbéry »
"en zelfs Stigand, de patriottische aartsbisschop van
Canterbury"
« Il l'a également trouvé opportun »
"Hij vond het ook raadzaam"
« Qu'a-t-il trouvé à propos ? » dit le canard

"Wat vond hij raadzaam?" zei de eend
— Il l'a trouvé opportun, répondit la souris d'un ton un peu contrarié
"Hij vond het raadzaam," antwoordde de muis nogal boos
Mais le canard n'était pas satisfait
Maar de eend was niet tevreden
« Bien sûr, vous savez ce que 'it' signifie »
"Natuurlijk, je weet wat 'het' betekent"
« Je sais ce que c'est quand je trouve quelque chose », dit le canard
"Ik weet wat 'het' is als ik iets vind," zei de eend
« C'est généralement une grenouille ou un ver »
"Het is meestal een kikker of een worm"
« La question est de savoir ce que l'archevêque a trouvé ?
"De vraag is, wat heeft de aartsbisschop gevonden?"
La souris n'a pas remarqué cette question
De muis merkte deze vraag niet op
Au lieu de cela, la souris continua précipitamment son discours
In plaats daarvan ging de muis haastig verder met zijn toespraak
« il a jugé opportun d'aller avec Edgar Atheling »
"hij vond het raadzaam om met Edgar Atheling mee te gaan"
« pour rencontrer Guillaume et lui offrir la couronne »
"om Willem te ontmoeten en hem de kroon aan te bieden"
la souris continua, se tournant vers Alice pendant qu'elle parlait
de muis ging verder en wendde zich tot Alice terwijl hij sprak
« Comment allez-vous maintenant, ma chère ? »
"Hoe gaat het nu met je, mijn liefste?"
– Aussi mouillée que jamais, dit Alice d'un ton mélancolique
'Zo nat als altijd,' zei Alice op een melancholische toon
« Cette histoire n'a pas l'air de me tarir du tout »
"Dit verhaal lijkt me helemaal niet uit te drogen"
— Dans ce cas, dit solennellement le dodo en se levant
"In dat geval," zei de dodo plechtig, terwijl hij opstond

« Je vote pour l'ajournement de la séance »
"Ik stem voor schorsing van de vergadering"
« et je propose l'adoption immédiate de remèdes plus
énergiques »
"en ik stel een onmiddellijke adoptie van meer energetische
remedies voor"
« Dis des paroles vraies ! » dit l'aiglon
"Spreek echte woorden!" zei de adelaar
« Je ne connais pas le sens de la moitié de ces longs mots »
"Ik ken de betekenis van de helft van die lange woorden niet"
et, qui plus est, je ne crois pas que vous le sachiez non plus !
"En wat meer is, ik geloof ook niet dat jij het weet!"
— Ce que j'allais dire, dit le dodo d'un ton offensé
"Wat ik wilde zeggen," zei de dodo op een beledigde toon
« La meilleure chose à faire pour nous sécher serait une
course au caucus »
"Het beste om ons droog te krijgen zou een caucus-race zijn"
« Qu'est-ce qu'une course de caucus ? » demanda Alice
"Wat is een caucus-race?" zei Alice

« Eh bien, » dit le dodo, « la meilleure façon de l'expliquer,
c'est de le faire »
"Nou," zei de dodo, "de beste manier om het uit te leggen is
door het te doen"
« D'abord, le dodo a tracé un parcours »
"Eerst heeft de dodo een renbaan uitgezet"
« La piste était dans une sorte de cercle »
"De baan stond in een soort cirkel"
« Et puis tout le groupe a été placé le long du parcours »
"En toen werd het hele gezelschap langs het parcours
geplaatst"
Il n'y avait pas de « Un, deux, trois et c'est parti ! »
Er was geen "Een, twee, drie en weg!"
Mais ils ont commencé à courir quand ils voulaient
Maar ze begonnen te rennen wanneer ze wilden
et ils finissaient aussi quand ils le voulaient
En ze maakten het ook af wanneer ze wilden
Il n'était donc pas facile de savoir quand la course était
terminée
Het was dus niet gemakkelijk om te weten wanneer de race
voorbij was
Après environ une demi-heure de course, ils étaient tous
assez secs
Na een half uur of zo rennen waren ze allemaal behoorlijk
droog
le dodo s'écria soudain : « La course est finie ! »
de dodo riep plotseling: "De race is voorbij!"
Et ils se pressèrent tous autour du Dodo
En ze verdrongen zich allemaal rond de dodo
Tous les animaux haletaient et soufflaient
Alle dieren hijgden en puften
et tous voulaient savoir : « Mais qui a gagné ? »
en ze wilden allemaal weten: "Maar wie heeft er gewonnen?"
Le dodo ne pouvait pas répondre immédiatement à cette
question
Deze vraag kon de dodo niet meteen beantwoorden
D'abord, il a dû beaucoup réfléchir

Eerst moest hij veel denkwerk doen

Après mûre réflexion, le dodo finit par parler

Na lang nadenken sprak de Dodo eindelijk

« Tout le monde a gagné, et tous doivent avoir des prix »

"Iedereen heeft gewonnen, en iedereen moet prijzen hebben"

« Mais qui doit donner les prix ? » demanda un chœur de voix

"Maar wie zal de prijzen uitreiken?" vroeg een koor van stemmen

— Eh bien, elle, bien sûr, dit le dodo

"Nou, zij natuurlijk," zei de dodo

et le dodo pointa d'un doigt vers Alice

en de dodo wees met één vinger naar Alice

et toute la troupe des animaux se pressait autour d'elle

En de hele kudde dieren verdrong zich om haar heen

ils ont crié, d'une manière confuse : « Des prix ! Des prix !

ze riepen op een verwarde manier: "Prijzen! Prijzen!"

Alice n'avait aucune idée de ce qu'elle devait faire

Alice had geen idee wat ze moest doen

Désespérée, elle mit la main dans sa poche

Wanhopig stak ze haar hand in haar zak

Et elle en sortit une boîte de bonbons

En ze haalde een doos snoep tevoorschijn

Heureusement, l'eau salée n'était pas entrée dans la boîte

Gelukkig was het zoute water niet in de doos gekomen

et elle a distribué les bonbons comme prix

En ze deelde de snoepjes uit als prijzen

Il y avait exactement une pièce pour tout le monde

Er was precies één stuk voor iedereen

La prochaine chose qu'ils devaient faire était de manger les bonbons

Het volgende wat ze moesten doen was de snoepjes opeten

Cela a causé du bruit et de la confusion

Dit zorgde voor wat ruis en verwarring

Les grands oiseaux se plaignaient de ne pas pouvoir goûter leurs bonbons

De grote vogels klaagden dat ze hun snoep niet konden

proeven

Les petits s'étouffaient et devaient être tapotés dans le dos
De kleintjes verslikten zich en moesten op de rug worden
geklopt
Cependant, c'était enfin fini
Maar het was eindelijk voorbij
Et ils se rassirent en cercle
En ze gingen weer in een kring zitten
**et ils supplièrent la souris de leur dire quelque chose de
plus**
En ze smeekten de muis om hen nog iets te vertellen
**— Vous m'avez promis de me raconter votre histoire, vous
savez, dit Alice**
'Je hebt beloofd me je geschiedenis te vertellen, weet je,' zei
Alice
et elle fit une autre petite remarque sur les chats à voix basse
En ze maakte fluisterend nog een kleine opmerking over
katten
Elle ne voulait pas offenser à nouveau la souris
Ze wilde de muis niet nog een keer beledigen
la petite souris se tourna vers Alice et soupira
de kleine muis wendde zich tot Alice en zuchtte
« Ma conte est long et triste ! »
"Het mijne is een lang en een triest verhaal!"
— C'est une longue queue, certainement, dit Alice
"Het is zeker een lange staart," zei Alice
**et elle baissa les yeux avec étonnement sur la queue de la
souris**
En ze keek vol verwondering naar de staart van de muis
« Mais pourquoi appelez-vous cela une queue triste ? »
"Maar waarom noem je het een trieste staart?"
**Et elle n'arrêtait pas de s'interroger à ce sujet pendant que la
souris parlait**
En ze bleef erover puzzelen terwijl de muis sprak
**de sorte que son idée de l'histoire était quelque chose
comme ceci**
zodat haar idee van het verhaal ongeveer zo was

"Fury said to
a mouse, That
he met in the
house, 'Let
us both go
to law: *I*
will prosecute
you.—
Come, I'll
take no denial:
We must have
the trial;
For really
this morning
I've
nothing
to do.'
Said the
mouse to
the cur,
'Such a
trial, dear
sir, With
no jury
or judge,
would
be wasting
our
breath.'
'I'll be
judge,
I'll be
jury,'
said
cunning
old
Fury;
'I'll
try
the
whole
cause,
and
condemn
you to
death.'"

Fury dit à une souris : Qu'il s'est rencontré dans la maison.

Woede zei tegen een muis, die hij in het huis ontmoette"

Allons tous les deux en justice, je vous poursuivrai

Laten we allebei naar de rechter gaan: ik zal je vervolgen

Allons, je n'accepterai aucun démenti : il faut que nous fassions l'épreuve

Kom, ik zal het niet ontkennen: we moeten de rechtszaak hebben

Car vraiment ce matin je n'ai rien à faire

Want echt vanmorgen heb ik niets te doen

Dit la souris au maudit ;
Zei de muis tegen de pastoor;
Un tel procès, cher monsieur, sans jury ni juge, nous ferait perdre notre souffle
Zo'n proces, geachte heer, zonder jury of rechter, zou onze adem verspillen
« Je serai juge, je serai jury », dit le vieux rusé Fury
"Ik zal rechter zijn, ik zal jury zijn," zei de sluwe oude Fury
Je vais juger toute la cause, et je vous condamnerai à mort
Ik zal de hele zaak proberen en je ter dood veroordelen
la souris parla sévèrement à Alice
de muis sprak streng tegen Alice
« Tu ne fais pas attention ! »
"Je let niet op!"
« À quoi pensez-vous ? »
"Waar denk je aan?"
— Je vous demande pardon, dit Alice très humblement
"Neem me niet kwalijk," zei Alice heel nederig
« Tu étais arrivé au cinquième virage, je crois ? »
"Je was bij de vijfde bocht aangekomen, denk ik?"
« Vous m'insultez en disant de telles bêtises ! »
"Je beledigt me door zulke onzin te praten!"
Et la souris se leva et s'éloigna
En de muis stond op en liep weg
Alice appela la petite souris
Alice riep naar het muisje
« S'il vous plaît, revenez et terminez votre histoire ! »
"Kom alsjeblieft terug en maak je verhaal af!"
Et les autres se joignirent tous en chœur
En de anderen deden allemaal in koor mee
« Oui, s'il vous plaît, terminez votre histoire ! »
"Ja, maak alsjeblieft je verhaal af!"
Mais la souris se contenta de secouer la tête avec impatience
Maar de muis schudde alleen maar ongeduldig zijn hoofd
et la petite souris marchait un peu plus vite
En de kleine muis liep een beetje sneller
« Je voudrais bien avoir Dinah, notre chat, ici ! » dit Alice

"Ik wou dat ik Dinah, onze kat, hier had!" zei Alice

Cela provoqua une sensation remarquable parmi le parti

Dit veroorzaakte een opmerkelijke sensatie onder de partij

Quelques-uns des oiseaux se hâtèrent de s'éloigner

Sommige vogels haastten zich meteen weg

et un canari appela d'une voix tremblante ses enfants ;

en een kanarie riep met bevende stem tot zijn kinderen;

« Allez-vous-en, mes chères ! »

"Kom weg, mijn lieverds!"

« Il est grand temps que vous soyez tous au lit ! »

"Het wordt hoog tijd dat jullie allemaal in bed liggen!"

Avec diverses excuses, ils sont tous partis

Met verschillende excuses gingen ze allemaal weg

et Alice se retrouva bientôt seule

en Alice bleef al snel alleen achter

« J'aurais aimé ne pas avoir mentionné Dinah ! »

"Ik wou dat ik Dina niet had genoemd!"

« Personne n'a l'air de l'aimer ici »

"Niemand lijkt haar hier leuk te vinden"

« Mais je suis sûr que c'est la meilleure chatte du monde ! »

"Maar ik weet zeker dat ze de beste kat ter wereld is!"

La pauvre Alice se remit à pleurer

Arme Alice begon weer te huilen

parce qu'elle se sentait très seule et déprimée

Omdat ze zich erg eenzaam en neerslachtig voelde

Au bout de peu de temps, cependant, elle entendit de nouveau quelque chose

Maar na een poosje hoorde ze weer iets

un petit bruit de pas au loin

een klein gekletter van voetstappen in de verte

et elle leva les yeux avec impatience

En ze keek gretig op

Le lapin envoie le petit M. Bill
Het konijn stuurt kleine meneer Bill naar binnen

C'était le lapin blanc, qui revenait lentement au trot
Het was het witte konijn, dat langzaam weer terugdraafde
Il regardait anxieusement autour de lui en chemin
Hij keek angstig om zich heen terwijl hij liep
Il avait l'air d'avoir perdu quelque chose
Hij zag eruit alsof hij iets kwijt was
Alice l'entendit marmonner pour lui-même
Alice hoorde hem in zichzelf mompelen
— La duchesse ! La Duchesse ! Oh, mes chères pattes !
"De hertogin! De hertogin! O, mijn lieve poten!"
« Oh, ma fourrure et mes moustaches ! »
"Oh, mijn vacht en snorharen!"
« Elle va me faire exécuter, j'en suis sûr »
"Ze zal me laten executeren, daar ben ik zeker van"
« Aussi sûr que les furets sont des furets ! »
"Net zo zeker als fretten fretten zijn!"
« Où ai-je pu laisser tomber mes affaires, je me demande ? »
"Waar kan ik mijn spullen hebben laten vallen, vraag ik me
af?"
Alice devina en un instant ce qu'il cherchait
Alice raadde in een oogwenk waar hij naar op zoek was

Il cherchait l'éventail de plumes
Hij was op zoek naar de verenwaaier
et il cherchait la paire de gants blancs
En hij was op zoek naar het paar witte handschoenen
Elle se mit donc très gentiment à chercher les gants
Dus ging ze heel goedmoedig op zoek naar de handschoenen
Et elle chercha aussi l'éventail de plumes
En ze zocht ook naar de verenwaaier
Mais les gants et l'éventail de plumes étaient introuvables
Maar de handschoenen en de verenwaaier waren nergens te bekennen
Tout semblait avoir changé depuis sa baignade dans la piscine
Alles leek te zijn veranderd sinds haar zwemmen in het zwembad
Rien n'était pareil depuis qu'elle était dans la grande salle
Niets was meer hetzelfde sinds ze in de Grote Zaal was geweest
et la table de verre avait disparu
En de glazen tafel was verdwenen
Et la petite porte n'était pas là non plus
En het deurtje was er ook niet
Très vite, le lapin remarqua Alice
Al snel merkte het konijn Alice op
Il l'appela d'un ton furieux
Hij riep haar op boze toon
« Mary Ann, que fais-tu ici ? »
"Mary Ann, wat doe je hier?"
« Rentre chez toi à l'instant même »
"Ren nu naar huis"
« Et apporte-moi une paire de gants et un éventail de plumes ! »
"En haal een paar handschoenen en een verenwaaier!"
« Et faites vite ! »
"En wees er snel bij!"
Alice se parlait à elle-même en s'enfuyant
Alice sprak tegen zichzelf terwijl ze wegrende

— Il a dû me prendre pour sa femme de chambre !
"Hij moet me voor zijn dienstmeisje hebben aangezien!"
« Comme il sera surpris quand il découvrira qui je suis ! »
"Wat zal hij verrast zijn als hij erachter komt wie ik ben!"
En disant cela, elle tomba sur une petite maison soignée
Terwijl ze dit zei, kwam ze bij een keurig huisje
Sur la porte de la maison se trouvait une plaque de laiton brillant
Op de deur van het huis hing een fel messing plaatje
« W. LAPIN »
"W. KONIJN"
Elle entra sans frapper à la porte
Ze ging naar binnen zonder op de deur te kloppen
et elle se hâta de monter l'escalier
En ze haastte zich meteen naar boven
elle craignait de rencontrer la vraie Mary Ann
ze was bang dat ze de echte Mary Ann zou ontmoeten
parce qu'alors elle serait chassée de la maison
Want dan zou ze het huis uit worden gezet
et elle ne pourrait pas trouver l'éventail de plumes et les gants
En ze zou de verenwaaier en handschoenen niet kunnen vinden
Alice s'était frayé un chemin dans une petite pièce bien rangée
Alice had haar weg gevonden naar een opgeruimd kamertje
Dans la pièce, il y avait une table près de la fenêtre
In de kamer stond een tafel bij het raam
et sur la table, il y avait un éventail de plumes
En op tafel stond een verenwaaier
et il y avait deux ou trois paires de petits gants blancs
En er waren twee of drie paar kleine witte handschoentjes
Elle ramassa l'éventail en plumes et une paire de gants
Ze pakte de verenwaaier en een paar van de handschoenen
et elle allait quitter la pièce
En ze stond op het punt de kamer te verlaten
mais alors ses yeux tombèrent sur une petite bouteille

Maar toen viel haar oog op een flesje
Elle déboucha la bouteille et la porta à ses lèvres
Ze ontkurkte de fles en zette hem aan haar lippen
« J'espère que cela me fera redevenir grand »
"Ik hoop wel dat ik er weer groot van word"
« J'en ai marre d'être une toute petite chose ! »
"Ik ben het zat om zo'n klein ding te zijn!"
Alice avait à peine bu la moitié de la bouteille
Alice had nauwelijks de helft van de fles leeggedronken
Sa tête était déjà appuyée contre le plafond
Haar hoofd drukte al tegen het plafond
et elle dut se baisser
En ze moest bukken
pour sauver son cou d'être brisé
om te voorkomen dat haar nek wordt gebroken
Elle posa précipitamment la bouteille
Haastig zette ze de fles neer
« C'est bien assez »
"Dat is genoeg"
« J'espère que je ne grandirai plus »
"Ik hoop dat ik niet meer groei"
Hélas! Il était trop tard pour souhaiter cela !
Helaas! Het was te laat om dat te wensen!
Elle n'a cessé de grandir
Ze bleef groeien en groeien
et très vite elle dut s'agenouiller sur le sol
En al snel moest ze op de grond knielen
Et même alors, elle a continué à grandir
En zelfs toen bleef ze groeien
Comme dernière ressource, elle passa un bras par la fenêtre
Als laatste redmiddel stak ze een arm uit het raam
et elle mit un pied dans la cheminée
En ze zette een voet in de schoorsteen
« Maintenant, je ne peux plus faire, quoi qu'il arrive »
"Nu kan ik niets meer doen, wat er ook gebeurt"
« Que vais-je devenir ? »
"Wat zal er van mij worden?"

Alice a eu un peu de chance
Alice had een beetje geluk
La petite bouteille magique avait fait son plein effet
Het toverflesje had zijn volle effect gehad
et Alice ne grandit pas plus qu'elle n'était
en Alice werd niet groter dan ze was
Au bout de quelques minutes, elle entendit une voix à l'extérieur
Na een paar minuten hoorde ze buiten een stem
et elle s'arrêta pour écouter la voix
En ze stopte om naar de stem te luisteren
« Mary Ann ! Mary Ann ! dit la voix
"Maria Ann! Mary Ann!" zei de stem
« Apporte-moi mes gants tout de suite ! »
"Haal nu mijn handschoenen voor me!"
Puis vint un petit claquement de pieds dans l'escalier
Toen kwam er een beetje getrappel van voeten op de trap
Alice savait que c'était le lapin qui venait la chercher
Alice wist dat het het konijn was dat haar kwam zoeken
et elle trembla jusqu'à faire trembler la maison

En ze beefde tot ze het huis deed schudden
elle oublia tout à fait quelles étaient ses proportions
Ze was helemaal vergeten wat haar proporties waren
Elle était mille fois plus grosse que le lapin
Ze was duizend keer zo groot als het konijn
et elle n'avait aucune raison d'avoir peur d'un lapin
En ze had geen reden om bang te zijn voor een konijn
Bientôt le lapin s'approcha de la porte
Weldra kwam het konijn naar de deur
et le petit lapin essaya d'ouvrir la porte
En het kleine konijn probeerde de deur te openen
La porte a commencé à s'ouvrir vers l'intérieur
De deur begon naar binnen open te gaan
mais le coude d'Alice était fortement appuyé contre la porte
maar Alice's elleboog werd hard tegen de deur gedrukt
Cette tentative s'est avérée un échec
Die poging liep op niets uit
Alice entendit le lapin se parler à lui-même
Alice hoorde het konijn tegen zichzelf praten
« Ensuite, je vais faire le tour et entrer par la fenêtre »
"Dan ga ik rond en ga door het raam naar binnen"
« Que tu ne le feras pas ! » pensa Alice
"Dat doe je niet!" dacht Alice
Et elle attendit encore un peu
En ze wachtte weer een beetje
Bientôt, elle entendit le lapin juste sous la fenêtre
Al snel hoorde ze het konijn net onder het raam
Elle étendit soudain la main
Plotseling strekte ze haar hand uit
et elle fit une prise en l'air
En ze maakte een ruk in de lucht
Elle n'a rien attrapé
Ze kreeg niets te pakken
mais elle entendit un petit cri et une chute
Maar ze hoorde een klein gilletje en een val
et elle entendit un fracas de verre brisé
En ze hoorde een knal van gebroken glas

Peut-être le lapin était-il tombé
Misschien was het konijn gevallen
Peut-être était-il dans une serre
Misschien was hij in een kas
Puis vint une voix en colère ; La voix du lapin
Vervolgens kwam er een boze stem; De stem van het konijn
« Pat, où es-tu ? »
"Pat, waar ben je?"
Et puis vint une voix qu'elle n'avait jamais entendue
auparavant
En toen kwam er een stem die ze nog nooit eerder had
gehoord
« Votre honneur, je suis là ! »
"Edelachtbare, ik ben hier!"
« Je creuse pour trouver des pommes »
"Ik ben aan het graven naar appels"
« Ici ! Venez m'aider à m'en sortir !
"Hier! Kom en help me hieruit!"
« Maintenant, dis-moi, Pat, qu'est-ce qu'il y a dans la fenêtre
? »
"Vertel me nu eens, Pat, wat is dat in het raam?"
« Bien sûr, Votre Honneur, je vais vous le dire »
"Natuurlijk, edelachtbare, ik zal het u vertellen"
« C'est un bras qui est dans la fenêtre ! »
"Het is een arm die in het raam zit!"
« Eh bien, un bras n'a rien à faire là-bas »
"Nou, een arm heeft daar niets te zoeken"
« Va et enlève le bras ! »
"Ga en neem de arm weg!"
Il y eut un long silence après cela
Hierna viel er een lange stilte
et Alice n'entendait que des chuchotements de temps en
temps
en Alice kon alleen af en toe gefluister horen
et enfin elle étendit de nouveau la main
En eindelijk strekte ze haar hand weer uit
et elle fit une autre arrachée dans les airs

En ze maakte nog een ruk in de lucht
Cette fois, il y eut deux petits cris
Deze keer waren er twee kleine gilmetjes
et il y avait d'autres bruits de verre brisé
En er was meer geluid van gebroken glas
« Je me demande ce qu'ils vont faire ensuite ! » pensa Alice
"Ik vraag me af wat ze nu gaan doen!" dacht Alice
« J'aimerais qu'ils me tirent par la fenêtre »
"Ik wou dat ze me uit het raam zouden trekken"
Elle attendit un certain temps
Ze wachtte enige tijd
Mais pendant un moment, elle n'entendit plus rien
Maar een tijdje hoorde ze niets meer
Enfin, il y eut un grondement de petites roues
Eindelijk kwam er een gerommel van kleine wieltjes
et il y eut le son d'un bon nombre de voix
En daar klonk het geluid van een groot aantal stemmen
Toutes les voix parlaient ensemble
Alle stemmen spraken samen
Elle pouvait distinguer certaines des paroles
Ze kon sommige van de woorden onderscheiden
« Où est l'autre échelle ? »
"Waar is de andere ladder?"
« Bill a l'autre échelle »
"Bill heeft de andere ladder"
« Bill, viens ici ! »
"Bill, kom hier!"
« Le toit va-t-il supporter le fardeau ? »
"Zal het dak de last dragen?"
« Qui veut descendre par la cheminée ? »
"Wie wil er door de schoorsteen gaan?"
— Non, je ne le ferai pas ! Vous le faites !
"Neen, dat zal ik niet doen! Jij doet het!"
« Tiens, Bill ! »
"Hier, Bill!"
« Le maître dit qu'il faut descendre par la cheminée ! »
"De meester zegt dat je door de schoorsteen moet gaan!"

Alice descendit son pied aussi loin qu'elle le put dans la cheminée
Alice trok haar voet zo ver mogelijk door de schoorsteen
Et puis elle attendit de voir ce qui allait arriver
En toen wachtte ze om te zien wat er zou komen
Elle entendit un petit animal gratter et se débattre
Ze hoorde een diertje krabben en klauteren
Le petit animal doit être dans la cheminée
Het diertje moet in de schoorsteen zitten
Puis elle donna un coup de pied sec
Toen gaf ze een harde trap
et elle attendit de voir ce qui allait se passer ensuite
En ze wachtte om te zien wat er nu zou gebeuren
Elle entendit un chœur général de voix
Ze hoorde een algemeen koor van stemmen
« Voilà Bill ! » dirent-ils tous
"Daar gaat Bill!" zeiden ze allemaal
Puis elle entendit la voix du lapin seule
Toen hoorde ze alleen de stem van het konijn
« Toi par la haie, attrape-le ! »
"Jij bij de heg, vang hem!"
Il y eut un autre moment de silence
Er was weer een moment van stilte
Et puis il y eut une autre confusion de voix
En toen was er weer een spraakverwarring
« Lève la tête, Brandy »
"Houd zijn hoofd omhoog, Brandy"
« Attention à ne pas l'étouffer »
"Pas op dat je hem niet verstikt"
« Qu'est-ce qui t'est arrivé ? »
"Wat is er met je gebeurd?"
Enfin, une petite voix faible et grinçante est apparue
Als laatste kwam een kleine zwakke, piepende stem
« Eh bien, je n'en sais presque pas plus »
"Nou, meer weet ik bijna niet"
« merci à tous, je vais mieux maintenant »
"Bedankt allemaal, ik ben nu beter"

« il y a une chose dont je peux me souvenir »
"Er is één ding dat ik me kan herinneren"
« Quelque chose vient à moi comme un train dans un tunnel »
"Er komt iets op me af als een trein in een tunnel"
« Et je vole comme une fusée ! »
"En ik vlieg als een raket omhoog!"
Il y eut une minute ou deux de silence
Er was een minuut of twee stilte
puis ils ont recommencé à se déplacer
En toen begonnen ze weer te bewegen
et Alice entendit de nouveau le Lapin parler
en Alice hoorde het Konijn weer praten
« Une brouette fera l'affaire, pour commencer »
"Een kruiwagen vol is voldoende, om mee te beginnen"
« Une brouette pleine de quoi ? » pensa Alice
"Een kruiwagen vol van wat?" dacht Alice
Mais elle ne fut pas tenue en suspens longtemps
Maar ze werd niet lang in spanning gehouden
Une pluie de petits cailloux est passée par la fenêtre
Een regen van kleine kiezelstenen kwam door het raam
et quelques petits cailloux l'ont frappée au visage
En sommige van de kleine kiezelstenen sloegen haar in het gezicht
Alice fut surprise par les petits cailloux
Alice was verbaasd over de kleine kiezelstenen
Tous les petits cailloux se transformaient en gâteaux
Alle kleine kiezelsteentjes veranderden in cakes
et une idée lumineuse lui vint à l'esprit
En er kwam een lumineus idee in haar hoofd
« Je devrais manger un de ces gâteaux »
"Ik zou een van deze taarten moeten eten"
« Le gâteau ne manquera pas de faire changer ma taille »
"Cake zal zeker wat verandering in mijn maat teweegbrengen"
Alors elle a avalé l'un des gâteaux
Dus slikte ze een van de cakes door
et elle fut ravie de constater qu'elle commençait à rétrécir

En ze was verheugd te ontdekken dat ze begon te krimpen
Bientôt, elle fut assez petite pour franchir la porte
Al snel was ze klein genoeg om door de deur te komen
Elle s'est enfuie de la maison
Ze rende het huis uit
Une foule de petits animaux et d'oiseaux attendaient dehors
Een menigte kleine dieren en vogels wachtte buiten
tous les petits oiseaux et les petits animaux se précipitèrent sur Alice
alle vogeltjes en beestjes stormden op Alice af
Mais elle s'enfuit aussi vite qu'elle le put
Maar ze rende zo snel als ze kon weg
et bientôt elle se trouva en sécurité dans un bois épais
En al snel bevond ze zich veilig in een dicht bos
Alice errait dans les bois
Alice zwierf rond in het bos
Et elle pensa en elle-même :
En ze dacht bij zichzelf:
« Je sais ce que je dois faire en premier »
"Ik weet wat ik eerst moet doen"
« Je dois d'abord grandir à ma bonne taille »
"Eerst moet ik weer naar mijn juiste maat groeien"
« et puis je dois trouver mon chemin dans ce joli jardin »
"en dan moet ik mijn weg vinden naar die heerlijke tuin"
« Je suppose que je devrais manger ou boire quelque chose ou autre »
"Ik veronderstel dat ik het een of ander moet eten of drinken"
« Mais la question est de savoir ce que je dois manger ou boire ? »
"Maar de vraag is: wat moet ik eten of drinken?"
Alice regarda tout autour d'elle les fleurs
Alice keek om zich heen naar de bloemen
et elle regarda à travers les brins d'herbe
En ze keek door de grassprieten
mais elle ne voyait rien à manger ni à boire
Maar ze kon niets zien om te eten of te drinken
Rien ne semblait être la bonne chose à manger ou à boire

Niets leek op het juiste om te eten of te drinken
Il y avait un gros champignon qui poussait près d'elle
Er groeide een grote paddenstoel bij haar in de buurt
le champignon était à peu près de la même taille qu'Alice
de paddenstoel was ongeveer even hoog als Alice
Elle s'étira sur la pointe des pieds
Ze rekte zich op haar tenen uit
Et elle jeta un coup d'œil par-dessus le bord du champignon
En ze gluurde over de rand van de paddenstoel
**Ses yeux rencontrèrent immédiatement les yeux d'une
grande chenille bleue**
Haar ogen ontmoetten onmiddellijk de ogen van een grote
blauwe rups
La chenille était assise sur le sommet du champignon
De rups zat op de top van de paddenstoel
et la chenille avait croisé tous ses bras
En de rups had al zijn armen over elkaar geslagen
et il fumait tranquillement un long narguilé
En hij rookte stilletjes een lange waterpijp
et il ne faisait pas la moindre attention à rien
En hij sloeg nergens de minste acht op
et il n'a certainement pas fait attention à Alice
en hij schonk zeker geen aandacht aan Alice

Les conseils d'une chenille

Advies van een rups

Finalement, la chenille a retiré le narguilé de sa bouche

Eindelijk haalde de rups de waterpijp uit zijn bek

et il s'adressa à Alice d'une voix languissante et endormie

en hij richtte zich tot Alice met een lome, slaperige stem

« Qui es-tu ? » demanda la chenille

"Wie ben jij?" zei de rups

Alice a répondu, plutôt timidement : « Je sais à peine, monsieur. »

Alice antwoordde, nogal verlegen: "Ik weet het nauwelijks, meneer"

« Juste pour le moment, c'est un peu... »

"Alleen op dit moment is het allemaal een beetje..."

« Je sais qui j'étais quand je me suis levé ce matin" »

"Ik weet wie ik was toen ik vanmorgen opstond""

« mais je pense que j'ai dû changer plusieurs fois depuis »

"Maar ik denk dat ik sindsdien meerdere keren veranderd moet zijn"

« Qu'est-ce que tu veux dire par là ? » dit la chenille

"Wat bedoel je daarmee?" zei de rups

sévèrement, la chenille lui demanda de s'expliquer
Streng vroeg de rups haar om zich uit te leggen
— Je ne peux pas m'expliquer, j'en ai peur, monsieur, dit
Alice
"Ik kan mezelf niet verklaren, vrees ik, meneer," zei Alice
« parce que je ne suis pas moi-même »
"omdat ik mezelf niet ben"
« Vous voyez, être de tant de tailles différentes en une
journée, c'est très déroutant »
"Zie je, zoveel verschillende maten op een dag is erg
verwarrend"
Elle se redressa et dit très gravement :
Ze trok zich op en zei heel ernstig:
« Je pense que tu devrais me dire qui tu es, en premier »
"Ik denk dat je me eerst moet vertellen wie je bent"
« Pourquoi ? » demanda la chenille
"Waarom?" zei de rups
Alice ne voyait aucune bonne raison
Alice kon geen goede reden bedenken
et la chenille semblait être dans un état d'esprit très
désagréable
En de rups leek in een zeer onaangename gemoedstoestand te
verkeren
alors elle s'en retourna
Dus wendde ze zich af
« Reviens ! » la chenille l'appela
"Kom terug!" riep de rups haar na
« J'ai quelque chose d'important à dire ! »
"Ik heb iets belangrijks te zeggen!"
Alice se retourna et revint
Alice draaide zich om en kwam weer terug
« Garde ton sang-froid », dit la chenille
"Blijf geduld," zei de rups
— C'est tout ? dit Alice
"Is dat alles?" zei Alice
Et elle ravala sa colère de son mieux
En ze slikte haar woede zo goed als ze kon

« **Non,** » dit la chenille
"Nee," zei de rups
La chenille déplia ses bras
De rups ontvouwde zijn armen
Et il retira le narguilé de sa bouche
En hij haalde de waterpijp weer uit zijn mond
et il a dit : « Vous pensez donc que vous avez changé, n'est-ce pas ? »
en hij zei: "Dus je denkt dat je veranderd bent, nietwaar?"
— J'ai peur, je suis changée, monsieur, dit Alice
"Ik ben bang, ik ben veranderd, meneer," zei Alice
« Je ne me souviens plus des choses comme je m'en souvenais »
"Ik kan me de dingen niet meer herinneren zoals ik ze me vroeger herinnerde"
« et je ne reste pas plus de dix minutes de la même taille ! »
"en ik blijf niet langer dan tien minuten even groot!"
« Quelle taille veux-tu faire ? » demanda la chenille
"Welke maat wil je hebben?" vroeg de rups
— Oh, ma taille ne me dérange pas particulièrement, répondit vivement Alice
"Oh, het maakt me niet echt uit hoe groot ik ben," antwoordde Alice haastig
« Je n'aime pas changer de taille si souvent, vous savez »
"Ik hou er gewoon niet van om zo vaak van maat te veranderen, weet je"
« J'aimerais être un peu plus grand, monsieur »
"Ik zou graag een beetje groter willen zijn, meneer"
— Si cela ne vous dérange pas, ajouta Alice
'Als je het niet erg vindt,' voegde Alice eraan toe
« Dix centimètres, c'est une taille si misérable »
"Tien centimeter is zo'n ellendige hoogte om te zijn"
« C'est une très bonne hauteur en effet ! » dit la chenille avec colère
"Het is inderdaad een heel goede hoogte!" zei de rups boos
et il se redressa tout en parlant
en hij richtte zich op terwijl hij sprak

Il mesurait exactement dix centimètres de haut
Hij was precies tien centimeter lang
Au bout d'une minute ou deux, la chenille s'est détachée du champignon
Binnen een minuut of twee kwam de rups van de paddenstoel af
et il s'enfonça en rampant dans l'herbe
En hij kroop weg in het gras
En s'éloignant, il fit quelques petites remarques
Toen hij wegging, maakte hij enkele kleine opmerkingen
« Un côté vous fera grandir »
"Aan de ene kant word je groter"
« Et l'autre côté te fera rapetisser »
"En de andere kant zal je korter laten groeien"
« Un côté de quoi ? » pensa Alice en elle-même
"Eén kant van wat?" dacht Alice bij zichzelf
« L'autre côté de quoi ? »
"De andere kant van wat?"
« Le côté du champignon », dit la chenille
"De zijkant van de paddenstoel," zei de rups
C'était comme si elle avait posé sa question à haute voix
Het was alsof ze haar vraag hardop had gesteld
et un instant plus tard, il fut hors de vue
En in een ander moment was hij uit het zicht
Alice resta pensivement à regarder le champignon
Alice bleef peinzend naar de paddenstoel kijken
Elle essayait de distinguer quels étaient les deux côtés du champignon
Ze probeerde erachter te komen welke de twee kanten van de paddenstoel waren
Enfin, elle étendit ses bras autour du champignon
Eindelijk strekte ze haar armen om de paddenstoel
Et elle cassa un peu les bords
En ze brak een stukje van de randen af
« Et maintenant, de quel côté est-ce ? » se dit-elle
"En nu, welke kant is wat?" zei ze tegen zichzelf
et elle grignota un peu du mors de la main droite

En ze knabbelde een beetje van het rechterdeel
L'instant d'après, elle sentit un violent coup sous son menton
Het volgende moment voelde ze een hevige klap onder haar kin
Son menton avait heurté son pied !
Haar kin had haar voet geraakt!
Elle fut bien effrayée par ce changement très soudain
Ze schrok behoorlijk van deze zeer plotselinge verandering
Elle rétrécissait très rapidement
Ze kromp heel snel
Alors elle a rapidement mangé un peu de l'autre morceau de champignon
Dus at ze snel wat van het andere stukje paddenstoel
Son menton était très serré contre son pied
Haar kin werd heel dicht tegen haar voet gedrukt
Il y avait à peine de la place pour ouvrir la bouche
Er was nauwelijks ruimte om haar mond open te doen
mais elle parvint enfin à ouvrir la bouche
Maar het lukte haar eindelijk om haar mond open te doen
et elle avala un morceau du mors de la main gauche
En ze slikte een hap van het linker bit door
« Ma tête a enfin été libérée ! » dit Alice
"mijn hoofd is eindelijk vrij!" zei Alice
Elle baissa les yeux sur elle-même
Ze keek naar zichzelf
mais tout ce qu'elle pouvait voir, c'était une immense longueur de cou
Maar het enige wat ze kon zien was een immense lengte van de nek
Son cou semblait se dresser comme une tige
Haar nek leek als een stengel omhoog te komen
et elle baissa les yeux sur une mer de feuilles vertes
En ze keek neer over een zee van groene bladeren
« Où sont passées mes épaules ? »
"Waar zijn mijn schouders gebleven?"
« Et oh, mes pauvres mains, comment se fait-il que je ne

puisse pas vous voir ? »

"En o, mijn arme handen, hoe komt het dat ik je niet kan zien?"

Mais son cou avait un avantage

Maar haar nek had wel één voordeel

Elle pouvait bouger la tête dans n'importe quelle direction

Ze kon haar hoofd in elke richting bewegen

En fait, elle était comme un serpent

In feite was ze net een slang

Elle zigzague gracieusement, la tête baissée

Ze zigzagde gracieus met haar hoofd naar beneden

et elle remua la tête à travers les arbres

En ze bewoog haar hoofd door de bomen

Mais elle entendit alors un sifflement aigu

Maar toen hoorde ze een scherp gesis

Et elle tira rapidement la tête en arrière

En ze trok snel haar hoofd terug

Un gros pigeon lui avait volé au visage

Er was een grote duif in haar gezicht gevlogen

et le pigeon était violemment avec ses ailes

en de duif was gewelddadig met zijn vleugels

« Serpent ! » cria le pigeon
"Slang!" riep de duif
« Je ne suis pas un serpent ! » dit Alice avec indignation
"Ik ben geen slang!" zei Alice verontwaardigd
« Laisse-moi tranquille ! »
"Laat me met rust!"
« J'ai essayé les racines des arbres »
"Ik heb de wortels van bomen geprobeerd"
— Et j'ai essayé des haies, continua le pigeon
"En ik heb heggen geprobeerd," ging de duif verder
« Mais ces serpents ! Il n'y a pas moyen de leur plaire !
"Maar die slangen! Er is geen sprake van het behagen van
hen!"
Alice était de plus en plus perplexe
Alice raakte steeds meer in verwarring
« Comme si ce n'était pas assez compliqué de faire éclore les
œufs », a déclaré le pigeon
"Alsof het nog niet lastig genoeg was om de eieren uit te
broeden", zei de duif
« Nuit et jour, je dois aussi faire attention aux serpents ! »
"Bij nacht en dag moet ik ook uitkijken voor slangen!"
« Je venais de trouver l'arbre le plus haut de la forêt »
"Ik had net de hoogste boom in het bos gevonden"
« Je serais sûrement libre des serpents ici ? »
"Ik zou hier toch zeker vrij zijn van slangen?"
« Et un serpent sort du ciel ! »
"En er komt een slang uit de hemel!"
« Mais je ne suis pas un serpent, je vous le dis ! » dit Alice
"Maar ik ben geen slang, dat zeg ik je!" zei Alice
"Je suis un... Je suis un... Je suis une petite fille, ajouta-t-elle
d'un air un peu dubitatif
"Ik ben een... Ik ben een... Ik ben een klein meisje," voegde ze
er nogal twijfelend aan toe
Après tout, elle avait traversé beaucoup de changements
Ze had immers veel veranderingen doorgemaakt
« Tu cherches des œufs », dit le pigeon
"Je bent op zoek naar eieren," zei de duif

« Je le sais pertinemment »

"Dat weet ik zeker"

« Et qu'importe que vous soyez une petite fille ou un serpent ? »

"En wat maakt het uit of je een klein meisje of een slang bent?"

— Cela m'importe beaucoup, dit Alice à la hâte

'Het maakt me veel uit,' zei Alice haastig

« mais je ne cherche pas d'œufs, en l'occurrence »

"Maar ik ben niet op zoek naar eieren, want het gebeurt"

« et je ne voudrais pas de tes œufs de toute façon »

"en ik zou je eieren toch niet willen"

« Je n'aime pas mes œufs crus »

"Ik hou niet van mijn eieren rauw"

« Eh bien, allez-vous-en ! » dit le pigeon d'un ton boudeur

"Nou, wegwezen dan!" zei de duif op een norse toon

et le pigeon se posa de nouveau dans son nid

En de duif nestelde zich weer in zijn nest

Alice s'accroupit parmi les arbres du mieux qu'elle put

Alice hurkte zo goed als ze kon neer tussen de bomen

Son cou ne cessait de s'emmêler parmi les branches

Haar nek raakte steeds verstrikt tussen de takken

De temps en temps, elle devait s'arrêter et se tordre le cou

Af en toe moest ze stoppen en haar nek losdraaien

Au bout d'un moment, elle se souvint du champignon

Na een tijdje herinnerde ze zich de paddenstoel

Elle tenait toujours les morceaux de champignon dans ses mains

Ze had de stukjes paddenstoel nog steeds in haar handen

et elle se mit à l'œuvre avec beaucoup de soin

En ze ging heel voorzichtig aan de slag

D'abord, elle a grignoté un morceau

Eerst knabbelde ze aan een stuk

puis elle grignota l'autre morceau

En toen knabbelde ze aan het andere stuk

Parfois, elle grandissait

Soms werd ze groter

et parfois elle devenait plus petite

En soms werd ze korter

Mais finalement, elle a atteint sa taille habituelle

Maar uiteindelijk bereikte ze haar gebruikelijke lengte

Elle n'avait pas été de sa taille depuis un certain temps

Ze was al een tijdje niet meer zo lang als ze was

Tout m'a semblé étrange pendant un moment

Dus alles voelde een tijdje vreemd

« La prochaine chose à faire est d'entrer dans ce beau jardin »

"Het volgende wat je moet doen is die prachtige tuin ingaan"

« Comment cela se fera-t-il, je me demande ? »

"Hoe moet dat worden gedaan, vraag ik me af?"

En disant cela, elle tomba sur un endroit ouvert

Terwijl ze dit zei, kwam ze op een open plek

Il y avait une petite maison, un peu plus haute qu'un mètre

Er was een klein huisje, iets hoger dan een meter

« Je me demande qui habite cette petite maison »

"Ik vraag me af wie er in dit huisje woont"

« Je ne peux certainement pas y aller aussi grand que je le suis »

"Ik kan er zeker niet zo groot in gaan als ik ben"

« Je les effrayerais terriblement ! »

"Ik zou ze vreselijk bang maken!"

alors elle grignota à nouveau le petit champignon

Dus knabbelde ze weer aan de kleine paddenstoel

et bientôt elle s'abaissa de trente centimètres

En al snel bracht ze zichzelf dertig centimeter naar beneden

Pendant une minute ou deux, elle resta à regarder la maison
Een minuut of twee stond ze naar het huis te kijken
Soudain, un valet de pied sortit en courant des bois
Plotseling kwam er een lakei uit het bos rennen
Il portait un uniforme de livrée spécial
Hij droeg een speciaal livrei-uniform
à en juger par son seul visage, elle l'aurait traité de poisson
Alleen al aan zijn gezicht te zien, zou ze hem een vis hebben genoemd
et il frappa bruyamment à la porte avec ses jointures
En hij klopte luid met zijn knokkels op de deur
La porte fut ouverte par un autre valet de pied
De deur werd geopend door een andere lakei
Ce valet de pied portait également une livrée spéciale
Ook deze lakei droeg een speciale livrei
Ce valet de pied avait un visage rond et de grands yeux comme une grenouille
Deze lakei had een rond gezicht en grote ogen als een kikker

C'est le valet de pied qui ressemblait à un poisson qui a
initié la cérémonie
De lakei die eruitzag als een vis leidde de ceremonie in
Il sortit quelque chose de sous son bras
Hij haalde iets onder zijn arm vandaan
et il tira de dessous son bras une enveloppe
En hij haalde een envelop onder zijn arm vandaan
et cette enveloppe, il la remit à l'autre valet de pied
En deze envelop overhandigde hij aan de andere lakei
D'un ton cérémoniel, il lui donna les ordres
Op ceremoniële toon vertelde hij hem de orders
« Ce message s'adresse à la duchesse »
"Dit bericht is voor de hertogin"
« Une invitation de la reine à jouer au croquet »
"Een uitnodiging van de koningin om croquet te spelen"
Le valet de pied qui ressemblait à une grenouille répéta
l'ordre
De lakei die op een kikker leek, herhaalde het bevel
« De la reine »
"Van de koningin"
« Une invitation »
"Een uitnodiging"
« pour la duchesse »
"voor de hertogin"
« Jouer au croquet »
"croquet spelen"
Puis ils s'inclinèrent tous les deux
Toen bogen ze allebei diep
et les boucles de leurs perruques s'emmêlèrent
En de krullen in hun pruiken raakten in elkaar verstrengeld
Bientôt, le valet de pied qui ressemblait à un poisson a
disparu
Al snel was de lakei die op een vis leek verdwenen
Mais le valet de pied qui ressemblait à une grenouille était
toujours là
Maar de lakei die op een kikker leek, was er nog steeds
Il était assis par terre près de la porte

Hij zat op de grond bij de deur
Il regardait bêtement le ciel
Hij staarde stom naar de lucht
Alice s'approcha timidement de la porte et frappa
Alice liep schuchter naar de deur en klopte aan
— Il ne sert à rien de frapper, dit le valet de pied
"Het heeft geen zin om te kloppen", zei de lakei
« Et ce, pour deux raisons »
"En dat heeft twee redenen"
« D'abord, parce que je suis du même côté de la porte que toi »
"Ten eerste omdat ik aan dezelfde kant van de deur sta als jij"
« Deuxièmement, parce qu'ils font tellement de bruit à l'intérieur »
"Ten tweede omdat ze binnen zoveel lawaai maken"
« Personne ne pouvait vous entendre »
"Niemand kan je horen"
Et il y avait certainement un bruit des plus extraordinaires à l'intérieur
En er was zeker een heel buitengewoon lawaai gaande binnenin
des hurlements et des éternuements constants
een constant gehuil en niezen
et de temps en temps un bruit de grand fracas
en zo nu en dan een geluid van geweldig geknal
comme si un plat ou une bouilloire avait été brisé en morceaux
Alsof een schotel of ketel in stukken is gebroken
« Comment vais-je entrer ? » demanda Alice
"Hoe moet ik binnenkomen?" vroeg Alice
— Faut-il que tu entres ? dit le valet de pied
"Moet je er überhaupt in?" zei de lakei
« C'est la première question, vous savez »
"Dat is de eerste vraag, weet je"
Alice ouvrit la porte et entra
Alice opende de deur en ging naar binnen
La porte menait directement à une grande cuisine

De deur leidde rechtstreeks naar een grote keuken

La cuisine était pleine de fumée d'un bout à l'autre

De keuken stond van het ene uiteinde tot het andere vol rook

au milieu de la cuisine se trouvait la duchesse

in het midden van de keuken stond de hertogin

Elle était assise sur un tabouret à trois pieds

Ze zat op een krukje met drie poten

et elle allaitait un bébé

En ze was een baby aan het voeden

Le cuisinier était penché au-dessus du feu

De kok leunde over het vuur

Il remuait un grand chaudron

Hij was een grote ketel aan het roeren

et le chaudron semblait être plein de soupe

En de ketel leek vol soep te zitten

« Il y a certainement trop de poivre dans cette soupe ! » Alice se dit

"Er zit zeker te veel peper in die soep!" Zei Alice tegen zichzelf

Elle l'a dit du mieux qu'elle a pu sans éternuer

Ze zei het zo goed als ze kon zonder te niezen

Même la duchesse éternuait de temps en temps

Zelfs de hertogin niesde af en toe

Mais les actions du bébé étaient les plus remarquables

Maar de acties van de baby waren het meest opmerkelijk

Le bébé éternuait et hurlait alternativement

De baby niestte en huilde afwisselend

Il n'y avait pas un instant de pause entre les hurlements et les éternuements

Er was geen moment pauze tussen huilen en niezen

Il y avait deux créatures dans la cuisine qui n'éternuaient pas

Er waren twee wezens in de keuken die niet niezen

Le cuisinier était trop occupé pour éternuer

De kok had het te druk om te niezen

et le gros chat ne semblait pas se soucier du poivre

En de grote kat leek de peper niet erg te vinden

Au lieu de cela, le gros chat souriait d'une oreille à l'autre

In plaats daarvan grijnsde de grote kat van oor tot oor
— **Pourriez-vous me le dire, s'il vous plaît, dit Alice un peu timidement**
'Zou je het me alsjeblieft willen vertellen,' zei Alice een beetje verlegen
« Pourquoi ton chat sourit-il comme ça ? »
"Waarom grijnst je kat zo?"
« C'est un Cheshire-Cat, » dit la duchesse
"Het is een Cheshire-Cat," zei de hertogin
« Et c'est pourquoi il sourit d'une oreille à l'autre »
"En daarom grijnst hij van oor tot oor"
« Je ne savais pas qu'un Cheshire-Cat souriait toujours »
"Ik wist niet dat een Cheshire-Cat altijd grijnsde"
« En fait, je ne savais pas que les chats pouvaient sourire », a déclaré Alice
"Ik wist eigenlijk niet dat katten konden grijnzen", zei Alice
— Il y a beaucoup de choses que vous ne savez pas, dit la duchesse
"Er is veel dat je niet weet," zei de hertogin
« Il y a beaucoup de choses que vous ne savez pas et c'est un fait »
"Er is veel dat je niet weet en dat is een feit"
Juste à ce moment-là, le cuisinier retira le chaudron de soupe du feu
Juist op dat moment haalde de kok de ketel soep van het vuur
et aussitôt, elle commença à jeter tout ce qui était à sa portée
En meteen begon ze alles binnen haar bereik te gooien
elle jeta tout ce qu'elle put sur la duchesse et le bébé
ze gooide alles wat ze kon naar de hertogin en de baby
D'abord, elle jeta les fers à feu
Eerst gooide ze de vuurijzers
Puis elle a jeté une poignée de casseroles
Toen gooide ze een handvol pannen
et enfin elle jeta les assiettes et les plats
En uiteindelijk gooide ze de borden en borden
La duchesse ne fit pas attention à elle
De hertogin sloeg geen acht op haar

Même lorsqu'elle a été frappée par une assiette, elle ne s'est pas inquiétée

Zelfs als ze door een plaat werd geraakt, maakte ze zich geen zorgen

Le bébé hurlait déjà tellement

De baby huilde al zo veel

Il était donc impossible de dire si les coups blessaient le bébé ou non

Het was dus onmogelijk om te zeggen of de slagen de baby pijn deden of niet

« Oh, je vous en prie, faites attention à ce que vous faites ! » s'écria Alice

"Oh, let alsjeblieft op wat je doet!" riep Alice

et elle sautait de haut en bas dans une agonie de terreur

En ze sprong op en neer in een doodsangst

la duchesse offrit le bébé à Alice

de hertogin bood Alice de baby aan

« Ici ! Tu peux allaiter un peu le bébé, si tu veux !

"Hier! Je mag de baby een beetje voeden, als je wilt!"

et elle lui lança l'enfant tout en parlant

En ze gooide de baby naar haar terwijl ze sprak

« Je dois aller me préparer à jouer au croquet avec la reine »

"Ik moet me klaarmaken om croquet te spelen met de koningin"

et elle se hâta de sortir de la chambre

En ze haastte zich de kamer uit

Alice attrapa le bébé avec quelque difficulté

Alice ving de baby met enige moeite op

parce que c'était une petite créature de forme très étrange

Omdat het een heel vreemd gevormd wezentje was

et l'enfant tendit les bras et les jambes dans toutes les directions

En de baby stak zijn armen en benen in alle richtingen uit

« Je ferais mieux d'emmener cet enfant avec moi », pensa Alice

"Ik kan dit kind maar beter meenemen", dacht Alice

« Ils sont sûrs de tuer ce bébé dans un jour ou deux »

"Ze zijn er zeker van dat ze deze baby binnen een dag of twee zullen doden"

« Ne serait-ce pas un meurtre de laisser ce bébé derrière soi ? »

"Zou het geen moord zijn om deze baby achter te laten?"

Elle prononça les derniers mots à haute voix

Ze sprak de laatste woorden hardop uit

Et la petite créature grogna en réponse

En het kleine ding gromde als antwoord

« Tu ferais mieux de ne pas te transformer en cochon, ma chère, » dit Alice

"Je kunt maar beter niet in een varken veranderen, mijn liefste," zei Alice

« ou alors je n'aurai plus rien à faire avec toi »

"of anders wil ik niets meer met je te maken hebben"

Alice commençait à peine à penser en elle-même :

Alice begon net bij zichzelf te denken:

« Maintenant, que vais-je faire de cette créature, quand je la ramène à la maison ? »

"Nu, wat moet ik met dit schepsel doen, als ik het thuis krijg?"

Mais alors la petite créature grogna un peu violemment

Maar toen gromde het beestje een beetje heftig

et Alice baissa les yeux sur son visage avec une certaine inquiétude

en Alice keek verschrikt naar zijn gezicht

Cette fois, il ne pouvait y avoir d'erreur à ce sujet

Deze keer kon er geen misverstand over bestaan

Ce n'était ni plus ni moins qu'un cochon

Het was niet meer of minder dan een varken

alors elle déposa la petite créature

Dus zette ze het kleine beestje neer

et la petite créature s'éloigna tranquillement dans le bois

En het beestje draafde rustig het bos in

Alice se sentit tout à fait soulagée de voir la créature partir

Alice voelde zich behoorlijk opgelucht toen ze het wezen zag gaan

Alice fut un peu surprise en voyant le Chat-Cheshire

Alice schrok een beetje toen ze de Cheshire-Cat zag
Il était assis sur une branche d'arbre à quelques mètres de là
Het zat op een tak van een boom een paar meter verderop
Le chat ne sourit que lorsqu'il la vit
De kat grijnsde alleen maar toen hij haar zag
« Chat du Cheshire », commença Alice un peu timidement
'Cheshire-kat,' begon Alice nogal verlegen
**« Pourriez-vous s'il vous plaît me dire dans quelle direction
je dois aller à partir d'ici ? »**
"Zou je me alsjeblieft willen vertellen welke kant ik vanaf hier
op moet?"
« Dans cette direction », dit le chat
"In die richting," zei de kat
et il agita la patte droite
En hij zwaaide met de rechterpoot in het rond
**« C'est dans cette direction que vit un fabricant de
chapeaux »**
"In die richting woont een hoedenmaker"
puis le chat agita son autre patte
En toen zwaaide de kat met zijn andere poot
« Et dans cette direction vit un lièvre de marche »
"En in die richting woont een marshaas"
**« Visitez l'un ou l'autre de vos goûts ; Ils sont tous les deux
fous"**
"Bezoek wat je wilt; ze zijn allebei gek"
— Mais je ne veux pas aller parmi des fous, remarqua Alice
'Maar ik wil niet onder gekke mensen gaan,' merkte Alice op
« Oh, tu ne peux pas t'en empêcher, » dit le Chat
"Oh, daar kun je niets aan doen," zei de Kat
« Nous sommes tous fous ici »
"We zijn hier allemaal gek"
« Tu joues au croquet avec la reine aujourd'hui ? »
"Speel je vandaag croquet met de koningin?"
— J'aimerais beaucoup, dit Alice
"Dat zou ik heel graag willen", zei Alice
« mais je n'ai pas encore été invité »
"Maar ik ben nog niet uitgenodigd"

« Tu me verras là-bas », dit le Chat

"Je zult me daar zien," zei de Kat

et d'un instant à l'autre le chat disparaissait

En van het ene op het andere moment verdween de kat

bientôt Alice arriva en vue de la maison du lièvre de marche

al snel kreeg Alice het huis van de marshaas in het zicht

C'était une très grande maison

Dit was een zeer groot huis

alors Alice ne voulait pas s'approcher de la maison

dus Alice wilde niet in de buurt van het huis komen

D'abord, elle a dû grignoter un peu plus du morceau de champignon du côté gauche

Eerst moest ze nog wat van het linker stukje paddenstoel knabbelen

Un thé fou

Een waanzinnig theekransje

Devant la maison, il y avait un arbre

Voor het huis stond een boom

et sous l'arbre, il y avait une table

En onder de boom stond een tafel

et la table était dressée avec toutes sortes de couverts

En de tafel was gedekt met allerlei bestek

Le lièvre de mars et le chapelier étaient à table

De Mars Haas en de Hoedenmaker zaten aan tafel

et ensemble ils prenaient le thé

En samen zaten ze thee te drinken

Un loir était assis entre eux

Een slaapmuis zat tussen hen in

et le loir dormait profondément

En de slaapmuis was diep in slaap

La table était d'une taille extraordinaire

De tafel was van buitengewone grootte

mais la majeure partie de la table était inoccupée

Maar het grootste deel van de tafel was onbezet

Ils étaient assis serrés les uns contre les autres dans un coin de la table

Ze zaten dicht op elkaar in een hoek van de tafel

et pourtant ils s'excusaient quand ils voyaient Alice

en toch verontschuldigden ze zich toen ze Alice zagen

« Pas de place ! Pas de place ! » crièrent-ils

"Geen ruimte! Geen plaats!" riepen ze uit

« Il y a beaucoup de place ! » dit Alice avec indignation

"Er is ruimte genoeg!" zei Alice verontwaardigd

À l'une des extrémités de la table, il y avait un grand fauteuil

Aan het ene uiteinde van de tafel stond een grote leunstoel

et Alice s'assit dans le fauteuil

en Alice ging in de leunstoel zitten

Le chapelier ouvrit de grands yeux

De hoedenmaker sperde zijn ogen wijd open

Il n'arrivait pas à croire ce qu'il voyait

Hij kon niet geloven wat hij zag
Mais son esprit était curieux d'autres choses
Maar zijn geest was nieuwsgierig naar andere dingen
« Pourquoi un corbeau est-il comme un bureau ? »
"Waarom is een raaf als een schrijftafel?"
Alice était prête à relever le défi
Alice stond open voor de uitdaging
« Je suis content qu'ils aient commencé à poser des énigmes »
"Ik ben blij dat ze raadsels zijn gaan stellen"
— Je crois que je peux le deviner, ajouta-t-elle à haute voix
'Ik geloof dat ik dat wel kan raden,' voegde ze er hardop aan toe
Le lièvre de mars s'est curieux de connaître Alice
De marshaas werd nieuwsgierig naar Alice
« Pensez-vous vraiment que vous pouvez trouver la réponse ? »
"Denk je echt dat je het antwoord kunt vinden?"
— Je crois que je peux trouver la réponse, en effet, dit Alice
"Ik denk dat ik het antwoord inderdaad kan vinden", zei Alice
« Alors, tu devrais dire ce que tu veux dire », continua le lièvre de marche
"Dan moet je zeggen wat je bedoelt," ging de marshaas verder
— Je dis ce que je pense, répondit vivement Alice
'Ik zeg wel wat ik bedoel,' antwoordde Alice haastig
« à tout le moins, je pense ce que je dis »
"Ik meen tenminste wat ik zeg"
« C'est la même chose, vous savez »
"Dat is hetzelfde, weet je"
Le loir a également contribué à la conversation
Ook de Zevenslaper droeg bij aan het gesprek
mais le loir semblait parler dans son sommeil
Maar de slaapmuis leek in zijn slaap te praten
« Je respire quand je dors »
"Ik adem als ik slaap"
« Je dors quand je respire ! »
"Ik slaap als ik adem!"

« Autant dire qu'ils sont les mêmes aussi »
"Je kunt net zo goed zeggen dat ze ook hetzelfde zijn"
« C'est la même chose pour toi », dit le chapelier
"Met jou is het net zo," zei de hoedenmaker
Et il versa un peu de thé sur le nez du loir
En hij goot een beetje thee op de neus van de slaapmuis
Le Loir secoua la tête avec impatience
De Zevenslaper schudde ongeduldig zijn hoofd
et le loir parla de nouveau, sans ouvrir les yeux
En weer sprak de slaapmuis, zonder zijn ogen te openen
« Bien sûr, bien sûr que c'est la même chose »
"Natuurlijk, natuurlijk is het hetzelfde"
« C'est juste ce que j'allais dire moi-même »
"Dat is gewoon wat ik zelf wilde zeggen"

Le chapelier se tourna vers Alice et lui posa une autre
question
De hoedenmaker wendde zich tot Alice en stelde nog een
vraag
« As-tu déjà deviné l'énigme ? »
"Heb je het raadsel al geraden?"
« Non, j'abandonne », a concédé Alice
'Nee, ik geef het op,' gaf Alice toe
« Quelle est la réponse ? » voulait-elle savoir
"Wat is het antwoord?" wilde ze weten
— Je n'en ai pas la moindre idée, dit le chapelier
"Ik heb geen flauw idee", zei de hoedenmaker
« Moi non plus, » dit le lièvre de marche
"Ik weet het ook niet," zei de marshaas
Alice poussa un soupir de lassitude
Alice slaakte een vermoeide zucht
« Il y a de meilleures utilisations du temps que des énigmes
sans réponses »
"Er zijn betere toepassingen van tijd dan raadsels zonder
antwoorden"
« Prends encore du thé », dit le lièvre de marche à Alice, très
sérieusement
"Neem nog wat thee," zei de marshaas heel serieus tegen Alice
Alice était assez offensée par l'offre
Alice was behoorlijk beledigd door het aanbod
— Je n'ai pas encore pris de thé, répondit Alice
"Ik heb nog geen thee gehad," antwoordde Alice
« donc je ne peux plus prendre de thé »
"Daarom kan ik geen thee meer hebben"
— Vous voulez dire que vous ne pouvez pas prendre moins
de thé, dit le chapelier
"Je bedoelt dat je niet minder thee kunt hebben", zei de
hoedenmaker
« C'est très facile de prendre plus que rien »
"Het is heel gemakkelijk om meer dan niets te nemen"
À ces mots, Alice se leva et s'en alla
Hierop stond Alice op en liep weg

Le loir s'endormit instantanément
De slaapmuis viel meteen in slaap
et ni l'un ni l'autre ne firent la moindre attention à son
départ
en geen van de anderen sloeg ook maar de minste aandacht
aan haar gaan
bien qu'elle ait regardé en arrière une ou deux fois
hoewel ze een of twee keer omkeek
Ils essayaient de mettre le loir dans la théière
Ze probeerden de slaapmuis in de theepot te doen
« En tout cas, je n'y retournerai plus ! » dit Alice
"Daar ga ik in ieder geval nooit meer heen!" zei Alice
et elle se fraya un chemin à travers les bois
En ze liep haar weg door het bos
« c'était le thé le plus stupide auquel j'aie jamais assisté »
"Dat was het stomste theekransje waar ik ooit ben geweest"
Juste au moment où elle disait cela, elle remarqua quelque
chose
Net toen ze dit zei, merkte ze iets op
L'un des arbres avait une porte qui y menait directement
Een van de bomen had een deur die er recht op uitliep
« C'est très intéressant ! » a-t-elle pensé
"Dat is heel interessant!" dacht ze
« Je pense que je peux aussi bien passer la porte »
"Ik denk dat ik net zo goed door de deur kan gaan"
Et elle passa par la porte
En door de deur ging ze
Une fois de plus, elle se retrouva dans le long couloir
Opnieuw bevond ze zich in de lange hal
de nouveau, elle était près de la petite table de verre
Weer stond ze dicht bij het glazen tafeltje
Elle prit la petite clé d'or
Ze nam het gouden sleuteltje
et elle ouvrit la porte qui donnait sur le jardin
En ze ontgrendelde de deur die naar de tuin leidde
Puis elle s'est mise au travail pour grignoter le champignon
Daarna ging ze aan de slag om aan de paddenstoel te

knabbelen
Elle avait gardé un morceau du champignon dans sa poche
Ze had een stukje van de paddenstoel in haar zak
Et finalement, elle mesurait environ un mètre
En uiteindelijk was ze ongeveer een meter lang
Puis elle descendit le petit couloir
Toen liep ze door het gangetje
Et puis elle s'est finalement retrouvée dans le magnifique jardin
En toen bevond ze zich eindelijk in de prachtige tuin
et elle était parmi les fleurs brillantes et les fontaines fraîches
En zij was te midden van de heldere bloem en de koele fonteinen

Le terrain de croquet de la reine
De croquetgrond van de koningin
Un grand rosier se dressait près de l'entrée du jardin
Een grote rozenboom stond bij de ingang van de tuin
Les roses qui poussaient sur l'arbre étaient blanches
De rozen die aan de boom groeiden waren wit
Mais il y avait trois jardiniers qui peignaient la rose
Maar er waren drie tuinmannen die de roos schilderden
Ils étaient occupés à peindre les roses en rouge
Ze waren druk bezig de rozen rood te verven
et Alice les regardait peindre les roses en rouge
en Alice keek toe hoe ze de rozen rood verfden
et soudain leurs yeux tombèrent par hasard sur Alice
en plotseling viel hun oog toevallig op Alice
Alice parlait un peu timidement
Alice sprak een beetje verlegen
« Pourriez-vous me le dire, s'il vous plaît ? »
"Zou je het me alsjeblieft willen vertellen;"
« Pourquoi peignez-vous tous ces roses ? »
"Waarom schilderen jullie allemaal die rozen?"
cinq et sept ne dirent rien, mais regardèrent deux
Vijf en zeven zeiden niets, maar keken naar twee
deux d'entre eux parlèrent à voix basse
Twee spraken, met een zachte stem
— Eh bien, le fait est, voyez-vous, madame.
"Wel, het is een feit, ziet u, mevrouw"
« Celui-ci aurait dû être un rosier rouge »
"Dit hier had een rode rozenboom moeten zijn"
« Et nous avons mis un rosier blanc par erreur »
"En we hebben er per ongeluk een witte rozenboom in gezet"
« Comme vous en conviendrez, la reine ne doit pas le découvrir »
"Zoals u het ermee eens bent, mag de koningin er niet achter komen"
« Sinon, nous aurions tous la tête tranchée »
"Anders zouden we allemaal onze hoofden afgehakt hebben"
« Alors vous voyez, madame, nous faisons de notre mieux »

"Zo ziet u maar, mevrouw, we doen ons best"
La cinquième carte avait regardé anxieusement à travers le jardin
Kaart vijf had angstig over de tuin gekeken
À ce moment, la cinquième carte cria : « La dame ! La reine !
Op dat moment riep kaart vijf: "De koningin! De koningin!"
Et les trois jardiniers s'enfuirent aussitôt
En de drie tuinmannen haastten zich meteen weg
et ils se jetèrent à plat ventre
en zij wierpen zich plat op hun gezicht
Il y eut un bruit de nombreux pas
Er was een geluid van vele voetstappen
Alice regarda autour d'elle, impatiente de voir la reine
Alice keek om zich heen, verlangend om de koningin te zien
Au début de la procession se trouvaient dix soldats
Aan het begin van de stoet stonden tien soldaten
leurs mains et leurs pieds étaient dans les coins
Hun handen en voeten stonden in de hoeken
et dans leurs mains et leurs pieds étaient des massues
en in hun handen en voeten waren knuppels
Venaient ensuite les dix courtisans
Vervolgens kwamen de tien hovelingen
Les courtisans étaient partout ornés de diamants
De hovelingen waren overal versierd met diamanten
Après les courtisans sont venus les enfants royaux
Na de hovelingen kwamen de koninklijke kinderen
Il y avait dix enfants royaux
Er waren tien van de koninklijke kinderen
et tous les enfants royaux étaient ornés de cœurs
en alle koninklijke kinderen waren met harten getooid
Venaient ensuite les invités ; principalement des rois et des reines
Vervolgens kwamen de gasten; meestal koningen en koninginnen
et parmi les rois et la reine, Alice vit quelqu'un
en onder de koningen en koningin Alice zag iemand
Elle revit le lapin blanc qu'elle avait chassé

Ze zag weer het witte konijn dat ze had achtervolgd
Le cortège était suivi par le valet de cœur
De stoet werd gevolgd door de hartenknecht
Il portait la couronne du roi
Hij droeg de kroon van de koning
et la couronne du roi était sur un coussin de velours cramoisi
en de kroon van de koning lag op een karmozijnrood fluwelen kussen
Et puis vint la fin de ce grand cortège
En toen kwam het einde van deze grootse processie
Et là, à la fin, il y avait le Roi et la Reine de Cœur
En daar aan het einde waren de Hartenkoning en de Hartenkoningin
le cortège arriva en face d'Alice
de stoet kwam tegenover Alice
et ils s'arrêtèrent tous et la regardèrent
En ze stopten allemaal en keken naar haar
et la reine dit sévèrement : « Qui est-ce ? »
en de koningin zei streng: "Wie is dit?"
Elle l'a dit au Valet de Cœur
Ze zei het tegen de Hartenboer
Mais il s'est contenté de s'incliner et de sourire en réponse
Maar hij boog alleen maar en glimlachte als antwoord
Alice parla très poliment
Alice sprak heel beleefd
« Je m'appelle Alice, alors faites plaisir à Votre Majesté »
"Mijn naam is Alice, dus alstublieft uwe majesteit"
Mais elle avait d'autres pensées pour elle-même
Maar ze had andere gedachten voor zichzelf
« Ce n'est qu'un jeu de cartes, après tout ! »
"Het is tenslotte maar een pak kaarten!"
« Savez-vous jouer au croquet ? » cria la reine
"Kun je croquet spelen?" riep de koningin
La question était évidemment destinée à Alice
De vraag was duidelijk voor Alice bedoeld
— Oui ! dit Alice d'une voix forte
"Ja!" zei Alice luid

« Venez jouer alors ! » rugit la reine
"Kom dan spelen!" brulde de koningin
une voix timide s'adressa à Alice
een verlegen stem sprak tot Alice
« C'est une très belle journée ! »
"Het is een hele fijne dag!"
Elle se promenait près du lapin blanc
Ze liep langs het witte konijn
et le Lapin Blanc jetait un coup d'œil anxieux sur son visage
en het Witte Konijn gluurde angstig in haar gezicht
« Une très belle journée, en effet, confirma Alice
"Inderdaad een heel mooie dag," bevestigde Alice
« Où est la duchesse ? »
"Waar is de hertogin?"
« Chut ! Chut ! dit le Lapin
"Stil! Stil!" zei het Konijn
« Elle est sous le coup d'une sentence d'exécution »
"Ze is veroordeeld tot executie"
« Pourquoi est-elle exécutée ? » demanda Alice
"Waarom wordt ze geëxecuteerd?" vroeg Alice
« Elle a éraflé les oreilles de la reine », commença le lapin
'Ze heeft de oren van de koningin geschaafd,' begon het konijn
cria la reine d'une voix de tonnerre
schreeuwde de koningin met een stem van de donder
« Retournez à vos endroits ! »
"Ga naar je plaatsen!"
et les gens se mirent à courir dans toutes les directions
En de mensen begonnen in alle richtingen rond te rennen
et ils tombèrent tous les uns contre les autres
En ze tuimelden allemaal tegen elkaar aan
Cependant, ils se sont calmés en une minute ou deux
Ze waren echter binnen een minuut of twee tot rust gekomen
Et puis le jeu a commencé
En toen begon het spel
Alice n'avait jamais vu un terrain de croquet aussi curieux
Alice had nog nooit zo'n merkwaardig croquetveld gezien
L'herbe n'était que crêtes et sillons

Het gras was een en al richels en voren
Les boules de croquet étaient de vrais hérissons
De croquetballen waren echte egels
Et les maillets étaient de vrais flamants roses
En de hamers waren echte flamingo's
et les soldats se tinrent sur leurs mains et leurs pieds
En de soldaten stonden op handen en voeten
Parce que les arches ont été faites à partir de leurs corps
Omdat de bogen van hun lichamen zijn gemaakt
Les joueurs ont tous joué en même temps
De spelers speelden allemaal tegelijk
Personne n'attendait son tour
Niemand wachtte op zijn beurt
et tout le monde se querellait avec tout le monde
En iedereen maakte ruzie met iedereen
et tous se battaient pour les hérissons
En ze vochten allemaal voor de egels
Bientôt, la reine fut dans une colère furieuse
Al snel was de koningin in een woedende woede
et elle s'est mise à piétiner et à crier
En ze begon te stampen en te schreeuwen
« Coupez-lui la tête ! »
"Hak zijn hoofd af!"
« Coupez-lui la tête ! »
"Hak haar hoofd af!"
« Coupez-leur la tête ! »
"Hak al hun hoofden eraf!"
De nouveau, Alice pensa en elle-même
Weer dacht Alice bij zichzelf
« Ils sont affreusement friands de décapiter les gens ici »
"Ze zijn hier vreselijk dol op het onthoofden van mensen"
**« Ce qui est très étonnant, c'est qu'il reste quelqu'un en vie !
»**
"Het grote wonder is dat er nog iemand in leven is!"
Elle cherchait un moyen de s'échapper
Ze zocht naar een manier om te ontsnappen
Elle remarqua une curieuse apparition dans l'air

Ze zag een merkwaardige verschijning in de lucht
« C'est le chat du Cheshire », se dit-elle
'Het is de Cheshire-kat,' zei ze tegen zichzelf
« maintenant j'aurai quelqu'un à qui parler »
"Nu zal ik iemand hebben om mee te praten"
« Comment vas-tu ? » dit le chat
"Hoe gaat het met je?" zei de kat
**« Je ne pense pas qu'ils jouent du tout équitablement », a
déclaré Alice**
'Ik denk niet dat ze eerlijk spelen,' zei Alice
et elle avait un ton plutôt plaintif
En ze had een nogal klagende toon
« Ils se querellent tous si affreusement »
"Ze maken allemaal zo'n vreselijke ruzie"
« On ne s'entend pas parler »
"Je kunt jezelf niet horen praten"
« Et ils ne semblent pas jouer selon des règles »
"En ze lijken zich aan geen enkele regel te houden"
le chat a posé une question à Alice à voix basse
de kat stelde Alice een vraag met zachte stem
« Comment aimez-vous la reine ? »
"Wat vind je van de koningin?"
— Je ne l'aime pas du tout, dit Alice
"Ik vind haar helemaal niet leuk", zei Alice

Alice pensa qu'elle ferait aussi bien d'y retourner
Alice dacht dat ze net zo goed terug kon gaan
Elle voulait voir comment le match se passait
Ze wilde zien hoe de wedstrijd verliep
Elle est partie à la recherche de son hérisson
Ze ging op zoek naar haar egel
Le hérisson était occupé à combattre un autre hérisson
De egel was druk bezig met het bestrijden van een andere egel
C'était une excellente occasion
Dit was een uitgelezen kans
Elle pouvait croquer un hérisson avec l'autre
Ze kon de ene egel met de andere croqueten
Mais son flamant rose était de l'autre côté du jardin
Maar haar flamingo stond aan de andere kant van de tuin
Le flamant rose était plutôt maladroit
De flamingo was nogal onhandig
Son flamant rose essayait de s'envoler dans un arbre
Haar flamingo probeerde tegen een boom aan te vliegen
Elle attrapa le flamant rose par la patte
Ze greep de flamingo bij de poot
Et elle glissa le flamant rose sous son bras
En ze stopte de flamingo weg onder haar arm
De cette façon, le flamant rose ne pouvait plus s'échapper
Op die manier kon de flamingo niet meer ontsnappen
Juste à ce moment-là, Alice rencontra la duchesse
Net op dat moment ontmoette Alice toevallig de hertogin
La duchesse était maintenant sortie de prison
De hertogin was nu uit de gevangenis
Elle glissa affectueusement son bras sous celui d'Alice
Ze stak haar arm liefdevol onder Alice's arm
puis ils sont partis ensemble
En toen liepen ze samen weg
Alice était très heureuse de la trouver d'une humeur si agréable
Alice was erg blij haar in zo'n aangenaam humeur te vinden
Elle était cependant un peu surprise
Ze schrok echter een beetje

Elle entendit la voix de la duchesse près de son oreille
Ze hoorde de stem van de hertogin dicht bij haar oor
« Tu penses à quelque chose, ma chérie »
"Je denkt ergens aan, mijn liefste"
« Et ça fait oublier de parler »
"En daardoor vergeet je te praten"
« Le jeu se passe un peu mieux maintenant », a déclaré Alice
'Het spel gaat nu een stuk beter,' zei Alice
C'était une façon de poursuivre la conversation
Het was een manier om het gesprek gaande te houden
— C'est vrai, dit la duchesse
"Dat is inderdaad zo," zei de hertogin
« Et la morale de cela est la suivante : »
"En de moraal daarvan is deze:"
« C'est l'amour qui fait tout ! »
"Het is de liefde die alles doet!"
« L'amour est ce qui fait tourner le monde »
"Liefde is wat de wereld doet draaien"
Alice avait une autre explication
Alice had een andere verklaring
« C'est fait par tout le monde qui s'occupe de ses propres affaires ! »
"Het wordt gedaan door iedereen die zich met zijn eigen zaken bemoeit!"
— Ah ! Vous pourriez avoir raison"
"Ach ja! Je zou gelijk kunnen hebben"
— Tout cela signifie à peu près la même chose, dit la duchesse
"Het betekent allemaal ongeveer hetzelfde," zei de hertogin
et elle enfonça son petit menton pointu dans l'épaule d'Alice
en ze groef haar scherpe kinnetje in Alice's schouder
« Et la morale de cela est la suivante »
"En de moraal daarvan is deze"
« Prendre soin du sens »
"Zorg voor de zintuigen"
« Et puis les sons prendront soin d'eux-mêmes »
"En dan zorgen de geluiden voor zichzelf"

Mais alors le bras de la duchesse se mit à trembler
Maar toen begon de arm van de hertogin te trillen
Alice leva les yeux et la reine se tenait là
Alice keek op en daar stond de koningin
La reine avait les bras croisés
De koningin had haar armen over elkaar
Et elle fronçait les sourcils comme un orage !
En ze fronste haar wenkbrauwen als een onweersbui!
« Je vous préviens », cria la reine
"Ik geef je een eerlijke waarschuwing", schreeuwde de koningin
et elle piétina le sol tout en parlant
En ze stampte op de grond terwijl ze sprak
« Soit ta tête, soit sa tête doit être coupée »
"Of je hoofd of haar hoofd moet eraf zijn"
« Faites votre choix ! »
"Maak je keuze!"
« Et soyez rapide à ce sujet »
"En wees er snel bij"
La duchesse fait son choix
De hertogin maakte haar keuze
et au bout d'un instant la duchesse avait disparu
En binnen een ogenblik was de hertogin verdwenen
Puis la reine s'adressa à Alice
Toen sprak de koningin tot Alice
« Continuons le jeu »
"Laten we doorgaan met het spel"
Alice était trop effrayée pour dire un mot
Alice was te bang om een woord te zeggen
et elle la suivit lentement jusqu'au terrain de croquet
En ze volgde haar langzaam terug naar het croquetveld
Pendant tout ce temps, la reine s'est querellée avec les autres joueurs
De hele tijd maakte de koningin ruzie met de andere spelers
« Coupez-lui la tête ! »
"Hak zijn hoofd af!"
« Coupez-lui la tête ! »

"Hak haar hoofd af!"
« Coupez-leur la tête ! »
"Hak al hun hoofden eraf!"
Bientôt, tous les joueurs ont été en garde à vue
Al snel zaten alle spelers in hechtenis
il ne restait que le roi, la reine et Alice
alleen de koning, de koningin en Alice bleven over
Puis la reine s'en alla, tout à fait essoufflée
Toen ging de koningin weg, helemaal buiten adem
et elle s'en alla avec Alice
en ze liep weg met Alice
Alice entendit le roi dire quelque chose
Alice hoorde de koning zachtjes iets zeggen
« Vous êtes tous pardonnés »
"Jullie zijn allemaal vergeven"
Mais soudain, un autre cri se fit entendre
Maar opeens was er weer een kreet te horen
« Le procès commence ! »
"Het proces begint!"
et Alice courut avec les autres
en Alice rende mee met de anderen

Qui a volé les tartes ?
Wie heeft de taarten gestolen?

Le roi et la reine de cœur étaient assis
De koning en de hartenkoningin zaten
ils étaient sur leur trône quand Alice arriva
ze zaten op hun troon toen Alice arriveerde
Il y avait une grande foule rassemblée autour d'eux
Er had zich een grote menigte om hen heen verzameld
Il y avait toutes sortes de petits oiseaux et de bêtes
Er waren allerlei kleine vogels en beesten
Et il y avait tout le paquet de cartes
En daar was het hele pak kaarten
Le coquin se tenait devant eux, enchaîné
De knecht stond voor hen, geketend
et il y avait un soldat de chaque côté pour le garder

En er was een soldaat aan elke kant om hem te bewaken
près du roi était le lapin blanc
bij de koning was het witte konijn
Il avait une trompette dans une main
Hij had een trompet in de ene hand
et il avait un rouleau de parchemin dans l'autre main
En hij had een rol perkament in de andere hand
Au milieu de la cour se trouvait une table
In het midden van de binnenplaats stond een tafel
Sur la table, il y avait un grand plat de tartes
Op tafel stond een grote schaal met taarten
« J'aimerais qu'ils fassent le procès », pensa Alice
'Ik wou dat ze de proef voor elkaar kregen,' dacht Alice
**« Alors nous pourrions manger quelques-uns de ces
rafraîchissements ! »**
"Dan kunnen we wat van die versnaperingen eten!"

Le juge, soit dit en passant, était le roi
De rechter was trouwens de koning
et il portait sa couronne sur sa grande perruque
En hij droeg zijn kroon over zijn grote pruik
« C'est le banc des jurés, pensa Alice
"Dat is de jurybox", dacht Alice
« Et ces douze créatures, je suppose qu'elles sont les jurés »
"en die twaalf wezens, ik veronderstel dat zij de juryleden
zijn"
certains étaient des animaux, et d'autres étaient des oiseaux
sommige waren dieren en sommige waren vogels
Juste à ce moment-là, le lapin blanc a crié
Op dat moment schreeuwde het witte konijn het uit
« Silence dans la cour ! »
"Stilte in de rechtbank!"
« Héraut, lisez l'accusation ! » dit le roi
"Heraut, lees de aanklacht!" zei de koning
Le lapin blanc souffla trois coups de trompette
Het witte konijn blies drie slagen op de trompet
Puis il déroula le parchemin
Toen rolde hij de perkamenten rol uit
Et il a lu ce qui suit :
En hij las als volgt:
« La reine de cœur, elle a fait des tartes, »
"De hartenkoningin, ze heeft wat taarten gemaakt,"
« Tout cela, elle l'a fait un jour d'été »
"Dit alles deed ze op een zomerse dag"
« Le valet de cœur, il a volé ces tartes »
"De hartenknaap, hij heeft die taarten gestolen"
« Et il a emporté ces tartes loin ! »
"En hij nam die taarten ver weg!"
« Appelez le premier témoin », dit le roi
"Roep de eerste getuige", zei de koning
et le lapin blanc souffla trois coups de trompette
En het witte konijn blies drie slagen op de trompet
« Amenez le premier témoin ! » cria-t-il
"Breng de eerste getuige mee!" riep hij

Le premier témoin était le chapelier
De eerste getuige was de hoedenmaker
Il entra avec une tasse de thé dans une main
Hij kwam binnen met een theekopje in de ene hand
et il avait un morceau de pain et de beurre dans l'autre main
En hij had een stuk brood en boter in de andere hand
« Tu aurais dû finir », dit le roi
"Je had moeten eindigen," zei de koning
« Quand avez-vous commencé ? »
"Wanneer ben je begonnen?"
Le chapelier regarda le lièvre de marche
De hoedenmaker keek naar de marshaas
Le lièvre de marche l'avait suivi dans la cour
De marshaas was hem gevolgd naar het hof
Il avait marché bras dessus bras dessous avec le loir
Hij was arm in arm met de slaapmuis gelopen
« Le quatorzième mars, je crois, dit-il
"Veertien maart, ik denk dat het was," zei hij
« Rendez votre témoignage », dit le roi
"Geef uw getuigenis", zei de koning
« Et ne sois pas nerveux, ou je te ferai exécuter sur-le-
champ »
"en wees niet nerveus, anders laat ik je ter plekke executeren"
Cela n'a pas semblé encourager du tout le témoin
Dit leek de getuige in het geheel niet aan te moedigen
Il n'arrêtait pas de se déplacer d'un pied sur l'autre
Hij schoof steeds van de ene voet op de andere
et il regarda la reine avec inquiétude
En hij keek ongemakkelijk naar de koningin
et, dans sa confusion, il mordit un gros morceau de sa tasse
de thé
En in zijn verwarring beet hij een groot stuk uit zijn theekopje
En réalité, il voulait croquer dans son pain et son beurre
Eigenlijk was het zijn bedoeling om van zijn brood en boter te
bijten
Juste à ce moment, Alice éprouva une sensation très curieuse
Juist op dat moment voelde Alice een heel merkwaardig

gevoel

Elle commençait à grossir à nouveau

Ze begon weer groter te worden

Le misérable chapelier laissa tomber sa tasse de thé

De ellendige hoedenmaker liet zijn theekopje vallen

et le pain et le beurre tombèrent à terre

en het brood en de boter vielen op de grond

et il mit un genou à terre

En hij ging op één knie zitten

« Je suis un pauvre homme, Votre Majesté », a-t-il commencé

'Ik ben een arme man, majesteit,' begon hij

« Vous êtes un bien mauvais orateur, » dit le roi

"Je bent een heel slechte spreker", zei de koning

« Tu peux y aller, » dit le roi

"Je mag gaan," zei de koning

et le chapelier quitta précipitamment la cour

En de hoedenmaker verliet haastig het hof

« Appelez le témoin suivant ! » dit le roi

"Roep de volgende getuige!" zei de koning

Le témoin suivant fut le cuisinier de la duchesse

De volgende getuige was de kokkin van de hertogin

Elle portait la poivrière à la main

Ze droeg de peperdoos in haar hand

et les gens près de la porte se mirent à éternuer tout à coup

En de mensen bij de deur begonnen ineens te niezen

« Rendez votre témoignage », dit le roi

"Geef uw getuigenis", zei de koning

— Je ne donnerai aucun témoignage, dit le cuisinier

"Ik zal geen getuigenis afleggen," zei de kok

Le roi regarda anxieusement le lapin blanc

De koning keek angstig naar het witte konijn

Et le lapin blanc parlait d'une voix douce

En het witte konijn sprak met een zachte stem

« Votre Majesté doit contre-interroger ce témoin »

"Uwe Majesteit moet deze getuige aan een kruisverhoor
onderwerpen"

« Eh bien, s'il le faut, il le faut, » dit le roi

"Nou, als het moet, moet het wel", zei de koning

« De quoi sont faites les tartes ? »

"Waar zijn taarten van gemaakt?"

« Les tartes sont faites de poivre, principalement », a déclaré le cuisinier

"Taarten zijn meestal gemaakt van peper", zei de kok

Pendant quelques minutes, toute la cour fut dans la confusion

Minutenlang was de hele rechtbank in verwarring

Finalement, ils se sont tous calmés

Uiteindelijk kwamen ze allemaal weer tot rust

Mais à ce moment-là, le cuisinier avait disparu

Maar toen was de kok al verdwenen

« N'importe ! » dit le roi

"Laat maar!" zei de koning

« Appel à la barre du prochain témoin »

"Roep de volgende getuige naar de tribune"

Alice regarda le lapin blanc qui tâtonnait sur la liste

Alice keek naar het witte konijn terwijl hij aan de lijst rommelde

Vous pouvez imaginer sa surprise à ce qu'elle a entendu ensuite

Je kunt je voorstellen hoe verrast ze was over wat ze vervolgens hoorde

à tue-tête de sa petite voix aiguë, il appela le nom « Alice ! »

uit volle borst riep hij de naam "Alice!"

Le témoignage d'Alice

Alice's bewijs

« Ici ! » s'écria Alice

"Hier!" riep Alice

Elle se leva d'un bond en toute hâte

Ze sprong met grote haast op

et elle renversa le banc des jurés

En ze kantelde de jurybox om

et elle renversa tous les jurés

En ze gooide alle juryleden omver

et ils tombèrent sur la tête de la foule en bas

en zij vielen op de hoofden van de menigte beneden

Alice était dans un grand désarroi

Alice was in grote ontzetting

« Oh ! je vous demande pardon ! » s'écria-t-elle

"O, neem me niet kwalijk!" riep ze uit

« Le procès ne peut pas avoir lieu », dit le roi

"Het proces kan niet doorgaan", zei de koning

« Les jurés doivent retourner à leur place »

"De juryleden moeten weer op hun juiste plaats gaan zitten"

Il répéta l'ordre avec beaucoup d'emphase

Hij herhaalde het bevel met grote nadruk

et il regarda Alice d'un air sévère

en hij keek Alice streng aan

« Que savez-vous de ces événements ? » demanda le roi à Alice

"Wat weet je over deze gebeurtenissen?" vroeg de koning aan Alice

— Je ne sais rien à ce sujet, dit Alice

"Ik weet niets over het onderwerp," zei Alice

Le roi lut ensuite un extrait de son livre

De koning las toen voor uit zijn boek

« Règle quarante-deux »

"Regel tweeënveertig"

« Toutes les personnes de plus d'un kilomètre de haut doivent quitter le tribunal »

"Alle personen die meer dan een mijl hoog zijn, moeten het

hof verlaten"
« Je ne suis pas à un mille de haut, » dit Alice
"Ik ben geen mijl hoog", zei Alice
« Près de deux milles de haut », dît la reine
"Bijna twee mijl hoog," zei de koningin

— Eh bien, je refuse d'y aller, dit Alice
"Nou, ik weiger te gaan", zei Alice
Le roi pâlit
De koning werd bleek
et il ferma précipitamment son carnet
En hij sloeg haastig zijn notitieboekje dicht
« Considérez votre verdict », a-t-il dit au jury
"Denk na over uw oordeel", zei hij tegen de jury
Il parlait d'une voix basse et tremblante
Hij sprak met een lage, bevende stem
Puis le lapin blanc prit la parole
Toen sprak het witte konijn
« Il y a encore plus de preuves à venir »
"Er komt nog meer bewijs"
et il se leva d'un bond en toute hâte
En hij sprong met grote haast op

« Ce papier vient d'être retiré »
"Dit papier is net opgehaald"
« On dirait que c'est une lettre écrite par le prisonnier »
"Het lijkt een brief te zijn die door de gevangene is
geschreven"
Il déplia le papier tout en parlant
Hij vouwde het papier open terwijl hij sprak
« Ce n'est pas une lettre, après tout »
"Het is toch geen brief"
« Ce que c'était, c'était un ensemble de versets »
"Wat het was, was een reeks verzen"
« S'il vous plaît, Votre Majesté », dit le coquin
"Alstublieft, majesteit," zei de knaap
« Je n'ai pas écrit ces vers »
"Ik heb die verzen niet geschreven"
« et ils ne peuvent pas prouver que j'ai écrit quoi que ce
soit »
"En ze kunnen niet bewijzen dat ik iets heb geschreven"
« Il n'y a pas de nom signé à la fin »
"Er is geen naam ondertekend aan het einde"
Le roi parla au fripon
De koning sprak tot de knecht
« Vous avez dû vouloir causer des méfaits »
"Het moet je bedoeling zijn geweest om wat onheil te stichten"
« Sinon, tu aurais signé ton nom comme un honnête
homme »
"Anders had je je naam getekend als een eerlijk man"
Il y eut un claquement général de mains
Er werd algemeen in de handen geklapt
Et le roi se tourna vers le lapin blanc
En de koning wendde zich tot het witte konijn
« Lisez les vers », ordonna-t-il
'Lees de verzen', beval hij
Il y eut un silence de mort dans la cour
Er heerste een doodse stilte in de rechtszaal
et le lapin blanc lut les versets
En het witte konijn las de verzen voor

Ils m'ont dit que vous étiez allé chez elle
Ze vertelden me dat je bij haar was geweest
Et ils lui parlèrent de moi
En ze noemden me bij hem
Elle m'a donné un bon caractère
Ze gaf me een goed karakter
Mais elle a dit que je ne savais pas nager
Maar ze zei dat ik niet kon zwemmen
Il leur a fait savoir que je n'étais pas parti
Hij stuurde hun het bericht dat ik niet was gegaan
Nous savons que c'est vrai
We weten dat het waar is
Si elle poussait l'affaire, que deviendriez-vous ?
Als ze de zaak zou doorzetten, wat zou er dan van je worden?
Je lui en ai donné un, ils lui en ont donné deux
Ik gaf haar er een, zij gaven hem er twee
Vous nous en avez donné trois ou plus
Je gaf ons er drie of meer
Ils sont tous revenus de sa part vers vous
Ze zijn allemaal van hem naar jou teruggekeerd
bien qu'ils aient été les miens avant
hoewel ze eerder van mij waren
Si j'avais la chance d'être
Als ik of zij toevallig zou zijn
Si j'étais impliqué dans cette affaire
Als ik of zij betrokken was bij deze affaire
Il compte en vous pour les libérer
Hij vertrouwt op jou om hen te bevrijden
Exactement comme nous étions
Precies zoals we waren
Mon idée, c'est que vous aviez été
Mijn idee was dat je was geweest
Avant qu'elle n'ait cette crise
Voordat ze deze aanval had
Un obstacle qui s'est dressé entre
Een obstakel dat tussen
Lui, et nous-mêmes, et cela

Hij, en onszelf, en het

Ne lui faites pas savoir qu'elle les aimait mieux

Laat hem niet weten dat ze ze het leukst vond

Car cela doit être à jamais un secret, caché à tous les autres

Want dit moet voor altijd een geheim zijn, verborgen voor alle anderen

Ce secret doit rester un secret entre vous et moi

Dit geheim moet een geheim blijven tussen jou en mij

Le roi était très impressionné

De koning was erg onder de indruk

« C'est la preuve la plus importante que nous ayons entendue jusqu'à présent »

"Dat is het belangrijkste bewijs dat we tot nu toe hebben gehoord"

— Je ne crois pas que ces vers aient un atome de sens, objecta Alice

'Ik geloof niet dat die verzen ook maar een greintje betekenis hebben,' wierp Alice tegen

le roi avait sa propre opinion sur la question

de koning had er zo zijn eigen mening over

« S'il n'y a pas de sens dans ces mots, cela sauve un monde de problèmes »

"Als er geen betekenis in die woorden zit, scheelt dat een wereld van ellende"

« Alors nous n'avons pas besoin d'essayer de trouver le sens »

"Dan hoeven we niet te zoeken naar de betekenis"

« Laissons le jury délibérer sur son verdict »

"Laat de jury zich beraden op hun oordeel"

« Non, non ! » dit la reine

"Nee, nee!" zei de koningin

« La condamnation d'abord, le verdict ensuite »

"Eerst veroordeling, dan vonnis"

« Des bêtises et des bêtises ! » dit Alice à haute voix

'Onzin en onzin!" zei Alice luid

« Comme il est stupide de condamner l'accusé en premier ! »

"Hoe dom is het om de beklaagde eerst te veroordelen!"

« Tais-toi ! » dit la reine en devenant violette
"Hou je mond!" zei de koningin, terwijl ze paars werd
« Je ne me tairai pas ! » dit Alice
"Ik zal mijn mond niet houden!" zei Alice
cria la reine à tue-tête
De koningin schreeuwde uit volle borst
« Coupez-lui la tête ! »
"Hak haar hoofd eraf!"
Personne n'a fait un mouvement
Niemand maakte een beweging
« Qui se soucie de ce que vous dites ? » dit Alice
"Wat maakt het uit wat je zegt?" zei Alice
Elle avait atteint sa taille maximale à ce moment-là
Tegen die tijd was ze tot haar volle grootte gegroeid
« Tu n'es rien d'autre qu'un jeu de cartes ! »
"Je bent niets anders dan een pak kaarten!"
À ces mots, toutes les cartes se levèrent dans les airs
Hierop stegen alle kaarten in de lucht
et toutes les cartes s'abattaient sur elle

En alle kaarten vlogen op haar neer
Elle poussa un petit cri
Ze gaf een klein gilletje
Elle était à moitié effrayée, mais aussi en colère
Ze was half bang, maar ook boos
Et elle a essayé de se battre contre les cartes
En ze probeerde de kaarten van zichzelf af te vechten
puis elle se retrouva allongée sur le talus d'herbe
En toen lag ze op de grasbank
Sa tête était sur les genoux de sa sœur
Haar hoofd lag in de schoot van haar zus
Des feuilles mortes s'étaient posées sur son visage
Er waren wat dode bladeren op haar gezicht geland
et sa sœur balayait doucement les feuilles
En haar zus veegde voorzichtig de bladeren weg
« Réveille-toi, ma chère Alice ! » dit sa sœur
'Wakker worden, Alice!" zei haar zus
« Quel long sommeil tu as eu ! »
"Wat heb je lang geslapen!"
« Oh, j'ai fait un rêve si curieux ! » dit Alice
"Oh, ik heb zo'n merkwaardige droom gehad!" zei Alice
Et elle raconta à sa sœur tout ce qu'elle pouvait se rappeler
En ze vertelde haar zus alles wat ze zich kon herinneren
toutes les étranges aventures que vous venez de lire
Alle vreemde avonturen waar je net over hebt gelezen
Alice se leva et s'enfuit en courant
Alice stond op en rende weg
et elle pensait, tout en courant, à son rêve
En ze dacht, terwijl ze rende, aan haar droom
« Quel rêve merveilleux cela avait été ! »
"Wat een prachtige droom was het geweest!"